누구나
떨어진다

The Fall

누구나 떨어진다
The Fall

제임스 프렐러 지음 ◎ **서애경** 옮김

미래인

누구나 떨어진다

1판 1쇄 발행 2016년 12월 30일
1판 4쇄 발행 2019년 7월 15일

지은이 제임스 프렐러 **옮긴이** 서애경 **펴낸이** 김민지 **펴낸곳** 미래M&B
등록 1993년 1월 8일(제10-772호) **주소** 서울시 마포구 동교로 134(서교동 464-41) 미진빌딩 2층
전화 02-562-1800(대표) **팩스** 02-562-1885(대표) **전자우편** mirae@miraemnb.com
홈페이지 www.miraeinbooks.com **블로그** blog.naver.com/miraeibooks

ISBN 978-89-8394-809-0 03840

값 9,500원

＊잘못 만들어진 책은 구입처에서 바꾸어 드립니다.
＊미래인은 미래M&B가 만든 단행본 브랜드입니다.

저는 우리 모두는 자신이 저지른
가장 형편없는 행동보다 훨씬 더 나은
사람이라는 사실을 알게 되었고,
굳게 믿고 있습니다.

—브라이언 스티븐슨, TED 강연에서, 2012년 3월 5일

내가 밤사이에 바뀌었나? 생각해보자.

오늘 아침 일어났을 때 평소와 같았던가?

조금 다른 기분이었던 것도 같은데.

하지만 내가 내가 아니라면,

다음 질문은, 나는 도대체 누구냐는 거지?

아, 정말 어려운 수수께끼야!

—루이스 캐럴, 『이상한 나라의 앨리스』에서

나일 리가 없어

모건 말렌이 급수탑 위에서 스스로 몸을 던지기 2주 전, 모건의 소셜미디어 페이지에 '그냥 죽어라! 죽어! 죽으라고! 그래도 누구 하나 신경 안 쓸걸!'이라고 글을 올린 사람은 나였을지도 모른다.

'나였을지도 모른다'고 하는 이유는 바로 그 글이 익명으로 올라왔기 때문이다. 누가 그토록 끔찍한 글을 올렸는지는 아무도 모르고 찾아낼 수도 없다. 이게 바로 왕따 게임의 묘미다. 누가 그 글을 올렸는지 정확히 아는 사람은 아무도 없다. 아테나만 빼곤. 내 생각은 그렇다. 게임에 발을 들인 애들이 그늘진 곳에 몸을 숨기고 올린 글들이 마치 숲 속을 누비는 늑대처럼 제멋대로 날뛴다.

그 누구에게도 책임은 없었다.

누가 그 글을 올렸는지 나는 정말 모른다. 키보드를 두드린 손가락은 누구의 것일까? 누가 입에 담기도 거북한 잔인한 글을 올린 거지? 궁금하다. 나일 수도 있지 *않을까?*

아니, 나일 리가 없어.

따돌리기

나는 모건을 잘 알지 못했다. 모건을 잘 아는 애들은 별로 없었다. 하지만 나는 모건이 왕따였다는 건 알았다.

존경하는 배심원 여러분께 묻겠다. 내가 이런 이야기를 입에 올리는 것조차 해서는 안 될 행동일까? 누가 봐도 분명한 사실을 이야기한다고 내가 나쁜 녀석이 되는 건 아니잖아. 사실 모건 말렌은 우리와는 다른 구석이 있었다. 그런데 좋은 쪽이 아니었다. 저어어엉말 다른 쪽으로 남다른 아이였다.

예를 들면 하늘은 잿빛, 잔디는 초록빛을 띠듯, 모건은 내가 본 애들 가운데 가장 슬픈 여자애였다고나 할까. 운을 맞춰볼까. 슬픈, 헤픈, 아픈, 나쁜, 기타 등등.

우리 학교 여학생들은 모건에 대해 이러쿵저러쿵 떠들어댔다. 한번은 모건이 찍은 셀카 한 장이 전교에 다 돌아서 모르는 애가 없었다. 어떤 부적절한 남자애와 키스를 했다는 이야기도 있었다. 진짜 일어난 일인지는 잘 모르겠다.

처음엔 여학생 화장실 문에 스프레이 페인트로 누군가 글을 써 놓았다. 그리고 다음 날엔 축구장 옆 간이매점 한쪽 벽에도 같은 글씨가 보였다.

모건 말렌은 걸레다.

정확히 말하면 걸레'다'가 아니라 걸레'였다'.

걸레였고, 셀카 중독자였고, 왕따였다.

이런 이야기를 한다고 내가 나쁜 녀석이 되는 건 아니잖아.

그렇지?

티셔츠에 새겨진 표어

이 도시는 거짓말쟁이들로 차고 넘친다. 이제부터 거기에 대해 많은 이야기를 해보려고 한다.

수많은 거짓말쟁이.

갑자기 왕따 방지 운동이 곳곳에서 대대적으로 벌어졌다. 복도를 메운 포스터하며 교실에서는 아침 조회 시간 내내 왕따 방지 운동 이야기를 하지 않는 날이 없었다.

학교 앞에 누가 큼지막한 표지판을 하나 만들어 걸었다.

왕따 없는 학교!

휴, 그렇다면 정말 다행이다. 이제야 우리가 다시 마음을 좀 놓을 수 있겠다. 우리는 모든 사람을 용서한다. 심지어 얼간이들까지도. 제발 말끔해진 우리의 이미지를 보고 칭찬 좀 해줬으면 한다. 마치 양말 서랍 속에서 반짝 빛나는 동전들처럼 유용한 존재.

온 도시가 장례식 분위기였다. 모두 망연자실했고 구슬프게 흐느꼈다.

학생들은 입고 다닐 긴소매 티셔츠를 받았다. 우리가 왕따에 반대하는 용감한 전쟁을 치를 군인들이라는 사실을 온 세상에 알릴 옷. 우리는 그 티셔츠를 얻는 데 돈 한 푼 들이지 않았다. 그냥 다른 사람들 앞에서 티셔츠를 뒤집어쓰기만 하면 된다. 텔레비전 카메라에 비친 우리 모습을 보라. 우리는 착한 애들이다. 음매에!

다른 사람에게 잘 대해라. 그래, 맞다. 우리는 최고의 표어를 잊어버린 적이 없다.

그러나 밤이 되면 티셔츠를 벗어 던진다. 우리는 맨발로 욕실 거울 앞에 홀로 서서 텅 빈 눈으로 자기 모습을 살핀다. 그리고 우리는 잘 안다. 우리가 저지른 일과 하지 않은 일을 정확히 안다.

나는 가끔 모건이 어떻게 반응해야 했을지 궁금하다. '예수님은 어떻게 하실까?'라고 새겨진 팔찌를 끼고 다니는 사람들이 있다. 예수님이라면! 솔직히 나는 모르겠다. 만약 모건이 저 우주 어디에 떠 있는 푹신푹신한 구름 위에서 우리를 내려다볼 수 있다면 어떨까 하는 생각이 든다. 모건은 좀 큰 소리로 웃었는데 웃음소리가 공허하고 슬프고 냉소적이었다. 모건은 웃을 때도 대개 좀 심사가 꼬인 듯했다. 우리가 모두 우스꽝스러운 핼러윈 복장을 하기라도 한 것처럼 쳐다봤다. 가면 뒤에 감춰진 우리의 진실. 모건은 지금 재미있는 농담이라도 들은 것처럼 큰 소리로 웃으면서 우리를 내려다보고 있을지도 모른다. 깔깔깔!

이보다 더 우스운 일이 또 있을까.

극적인 사실 하나

나한테서 자초지종을 모두 듣겠다는 기대는 하지 마, 알았지?
모건은 급수탑에서 뛰어내렸다. 간결하고도 극적이며 결정적인 단
한 문장. 바로 사람들이 꼭 알고 싶어 하는 한 가지 사실이다. 자
초지종이 모두 여기에 들어 있다.

그러니까 내 말은 내 일기가 '모건의 이야기' 또는 '내 이야기'까
지 정확히 파악하게 해줄 완벽한 문서라는 생각은 하지 말라는 뜻
이다.

이 배는 구멍이 나서 물이 새어들고 있다. 우리는 모두 함께 익
사하게 될지도 모른다.

모든 경찰이 탐정 쇼에서처럼 빙 둘러선 채 저마다 머리를 긁적
거리며 말한다.

"이 사건엔 우리가 미처 알아채지 못한 사실이 있어."

웃기시네.

나는 분명히 느꼈고 자세한 정황을 기억한다. 사건 중 몇 가지를

적어보려고 한다. 기억해둬.

　도움이 될 수도 있어.

　나는 자리에 앉아서 일기장의 빈 페이지를 펴고 휴대폰 타이머를 15분으로 맞출 것이다. 나 자신과 했던 약속이다. 아니, 모건과 했던 약속일지도 모르겠다. 내가 모건한테 해줄 수 있는 최소한의 일. 타이머가 울리면 그걸로 끝이다. 단 한 자도 쓰지 못했다 하더라도 어쩔 수 없다.

왕따 게임

많은 학생들이 쓰레기 같은 글을 엄청나게 써댔다. 무슨 말이냐고? 지난해 새 학기가 시작할 무렵 우리는 모두 이 일에 발을 들였다. 다시 말하면 그건 술래잡기였다. 규칙도 뭣도 없는 게임이라니. 게임은 아테나의 아이디어였다. 아테나는 원래 방식을 완전히 뒤엎은 다음 새로 틀을 정하고 반드시 지켜야 할 규칙도 다시 정했다.

모든 글은 스물다섯 단어를 넘으면 안 된다는 것이 규칙이었다. 그리고 모든 글은 마니또 게임처럼 익명으로 쓰는 게 제일 중요한 규칙이었다. 하지만 알다시피 마니또 게임과는 많이 달랐다. 선물하고 정반대였으니까.

단어장 크기의 절반쯤 되는 코팅이 된 하늘색 마분지 카드가 한 장 있었는데, 거기에는 빨간 글씨로 이렇게 적혀 있었다.

잡았다. 네 차례.

또 다른 규칙 한 가지는 자기 차례가 오면 24시간 이내에 글을 올려야 한다는 것이었다. 이 규칙 역시 중요했다. 그러니까 너무 깊이 생각하지 말고 게임을 계속하라는 의미였다.

('생각하지 말고'라는 말은 속임수였다.)

자기 차례가 되면 모건 말렌의 시시한 페이지에 아무도 모르게 글을 올려야만 했고, 그런 다음 아테나 루이킨의 사물함 틈으로 마분지 카드를 다시 밀어 넣으면 됐다. 그러면 아테나가 또다시 술래를 정하는 식이었다. "네가 술래야." 아테나는 그런 식으로 왕따 게임을 주도했다. 만약 게임에 참여하지 않는다면 '제외'된다. 게임에서만 제외되는 게 아니라 아예 잘린다. 완전히 무시당하고 냉대를 받고 어쩌면 다음 목표물이 되는 것이다. 아테네는 이렇게 농담했다. "넌 왕따 섬으로 가게 될걸?"

왕따가 되고 싶은 사람은 아무도 없었다. 우리는 차라리 죽는 게 더 낫다고 생각했다. 실제로 죽음을 목격하기 전까지, 아니 그 여파를 보기 전까지는 말이다. 한 마디 비명으로 끝나는 게 아니라 끝없이 울려 퍼지는 메아리 같았다. 그걸 과학자들이 뭐라고 하더라? 후유증? 사람들에게서 영원히 사라진 누군가를 보고 등골까지 오싹해지는 한기를 느끼니 왕따 섬에서 며칠 지내는 것도 그리 나빠 보이진 않았다.

우리에게 왕따 게임은 장난이었다.

나도 그랬다. 이런 말을 하는 내가 지구에서 가장 멍청한 바보 천치 같다는 걸 알지만, 진짜 처음엔 장난이었다. 우리가 올린 글을 보면서 낄낄댔다. 우리는 최대한 추잡스럽고 더럽고 험악한 글을 쓰려고 했다. 우리에겐 도전이었다. 그래서 다음번에는 또 어떤 말도 안 되는 글이 올라올까 모두 손꼽아 기다렸다. 새 글이 올라오면 많은 학생이 읽었다. 우리는 학교 애들의 굉장한 반응을 즐겼다.

예를 들면 이런 글.

너랑 2분이나 같이 있느니 개미핥기 똥구멍 안으로 기어들어가는 게 낫겠다.

기발하고 재미있잖아? 글을 올릴 때만 해도 나는 그렇게 생각했다. 다른 애들은 더 짓궂은 글을 올렸으니까. 나는 어떤 동물이 더 나을까를 결정하느라 애를 먹었다. 코뿔소, 메뚜기, 당나귀, 닭 등등.(고르고 또 골랐다.) 처음에는 똥구멍 대신 '구멍'이라고 썼다가 마지막에 고쳤다. 확실히 이해할 애들이 있을까 싶어서였다. 예술은 아주 주관적이니까.

얼마 지나지 않아 왕따 게임을 하는 애들 대부분이 시들해졌다.

지금쯤이면 눈치챘을지도 모르지만 나는 정말 멍청이였다.

곤란하기 짝이 없는

선생님들은 이런 일에 대해 이야기하는 것이 도움이 된다고 말한다. 감정과 생각을 서로 나누는 것. 어떤 일이든 마음속에 묻어두기만 해선 안 된다. 그랬다간 화산처럼 폭발해버릴지도 모르니까. *꽈꽝, 펑!*

(잠깐, 화산 폭발 소리가 저게 맞나? 꽈꽝, 펑? 전혀 아닌 것 같기도 하고. 내가 의성어에 젬병이라. 이야기 계속!)

선생님 다섯 명 가운데 세 명은 학생들에게 꼭 현명하고 중요한 것을 말해주어야 한다고 생각하는 것 같았다. 선생님들은 진심 어린 눈빛으로 우리를 쳐다봤다. 우리는 모두 입을 꾹 다물고 자신의 영혼을 탐색하는 척하느라 애쓰면서 몰래몰래 벽시계를 흘깃거렸다.

사건이 일어나고 며칠 뒤에 슬픔 전문 상담사들이 학교로 왔다. 그리고 언제든지 상담을 받으러 오라고 했다. 정말 곤란하기 짝이 없었다. 어느 날 아침 조회 때, 수업이 끝난 후에 간담회가 열릴 거라는 말을 들었다. 간담회에서는 학생들이 한자리에 모여 대화를 나누고 추억도 나누고 맛있는 간식도 '맘껏 먹을 수' 있다고 했다.

딱 꼬집어 설명할 수는 없지만 아주 좋은 생각 같았다. 그렇게 하는 게 옳은 일이라는 생각도 들었다. 그것이 문제였다. 아무도 옳은 일이 무엇인지를 몰랐다. 우리도 처음이었으니까.

간담회는 낡은 지하 체육관에서 열렸다. 안으로 들어간 순간, 나는 간담회에 온 게 실수라는 사실을 깨달았다. 그곳에는 플라스틱 컵을 들고 낮은 목소리로 이야기하며 서성대는 선생님들이 너무 많았다.

학생들은 별로 없었고 나는 그 별로 없는 학생들 가운데 한 명이었다. 기껏해야 스무 명 정도였다. 모건 말렌은 확실히 인기 많은 애가 아니었다.

여학생들 여럿이 빙 둘러선 채 흐느껴 울면서 서로 어깨를 두드려주고 있었다. 나는 숨을 깊게 한 번 들이쉰 다음 간식이 놓인 탁자로 갔다.

내가 퍼지 초콜릿 케이크를 두 조각째 게걸스럽게 먹고 있는데 바다코끼리같이 생긴 낯선 선생님 한 명이 다가왔다.

"네가 샘이구나, 맞지?"

"아, 예."

그 선생님은 육중한 몸에 비해 너무 깜찍한 스웨터를 입고 있었다. 저어어어엉말 진심. 마치 공작새가 그 위에서 터지기라도 한 것 같았다. 형광색 구토 덩어리. 숱이 많은 콧수염은 아래로 축 처진 모양이었다. 땀방울이 맺힌 이마가 번들거렸다. 땀으로 번들거리는 바다코끼리가 부러진 이빨을 훤히 드러내며 웃고 있는 모습이 마치 기괴한 외계 생명체 같았다. 나는 '감수성' 선생님에게 걸려들었다.

"난 레인웨이란다. 학교에 파견된 사회복지사 가운데 한 명이지."

레인웨이 선생님이 손을 내밀었다. 이것도 내겐 곤란한 일이었다. 왜냐하면 한 손에는 사과 주스를(오른손), 또 한 손에는 초콜릿 케이크(왼손)를 쥐고 있어서였다. 그러자 선생님이 말했다.

"아, 너 악수할 손이 없구나. 신경 쓰지 마, 괜찮아."

나는 오른팔을 구부려 왼손에 든 초콜릿 케이크를 잘 올려놓고는 자유로워진 왼손을 내밀었다.

(난 천재야.)

나는 악수를 한 다음 출구로 향했다.

"네가 작년 글짓기 대회에서 우승했잖아. 기억나." 선생님이 말했다.

허를 찔렀다. 어떻게 알았지?

"나도 심사위원이었거든. 네가 쓴 글은 정말 눈에 띄더라. 진짜 뛰어난 작품이었지. 진실성이 느껴졌어." 선생님이 설명했다.

"고맙습니다, 선생님."

나는 그만 대화를 끝냈으면 하는 마음이 간절했다. 마지막 정류장이야! 다들 이미 버스에서 내렸다고!

"네가 계속 글을 쓰고 있다면 좋겠다. 샘, 넌 소질이 있어."

나는 발걸음을 옮겼다. 나는 이런 식으로 주목받는 일을 몹시 싫어한다. 레인웨이 선생님이 불쾌한 사람은 아니었다. 내 말은, 선생님이 비록 좋은 말을 해줬지만 나는 내 글에 대해 아무도 모르기를 바랐다는 뜻이다. 글짓기 대회에 나가는 게 아니었다.

"다른 학생들한테 가보고 싶은 모양이구나." 선생님이 나를 살피며 말했다.

(네, 정말 그러고 싶어 죽겠어요!)

"일기를 계속 쓰는 게 좋을 거야. 특히 요즘 같은 때일수록 네 생각과 감정을 풀어놓을 곳이 있다는 건 무척 중요한 일이란다."

나는 선생님을 멀뚱멀뚱 쳐다봤다.

선생님이 내 대답을 기다렸다.

"네, 그렇게 해볼게요."

"샘, 네가 원하면 언제든지 내 상담실에 들러도 좋아." 선생님이 완벽하게 둥그런 머리통을 이리저리 갸웃거리며 말을 이었다. "의논하고 싶은 일이 있어도 오렴. 혹시, 저기 모건 얘기를…."

"네, 알았어요. 그럴게요. 정말 좋을 것 같아요. 고맙습니다. 들를게요."

나는 다급히 대답했다.

(그럴 일은 없어요!)

칼맨 교장선생님이 학생들에게 모두 모이라고 했다.('둥글게 모여 보세요'라는 말 빼곤 이유를 잘 알아들을 수 없었다.)

교장선생님은 엄숙하게 중요하고도 심각한 이야기 몇 가지를 했다. 분명 교장선생님은 전부 올바른 이야기만 하려고 애썼지만, 나에겐 마치 마트에서 파는 오렌지 소다처럼 인위적인 느낌이 들었다. 나는 회의, 아니 뭐더라, 모임이었나, 간담회에 온 걸 정말 후회했다. 어른들은 모두 세심한 척하고 우리를 격려하는 데에만 급급했다. 나는 "짧게 끝내달라고요. 제발 짧게!" 하고 소리 지르고 싶었다.

아이들 속에 친구 비슷한 애들과 아는 얼굴들이 보였다. 우리는 칼맨 교장선생님의 이야기를 멍하니 듣고만 있었다. 나는 심지어 어른들조차 어떻게 행동해야 할지를 모른다는 생각이 들었다. 아니, 특히 어른들은 더 몰랐다. 믿을 수 없는 일은 여러 면에서 내 기분이 완전히 정상이라는 점이었다. 나는 아침이면 눈을 떴고 냉동 와플은 기준량(네 개. 배가 고파 죽겠으니까!)을 먹었고 버스를 탔다.(ㅠㅠ) 학교에서도 재미있는 일이 있으면 웃었다. 그러면 곧 웃었다는 사실에 죄책감이 뒤따랐다. 이런 때에 내가 살아서 행복하다는 게 나쁜 일이라는 생각이 들었기 때문이다. 내 몸속에 이상한 진공 흡입기가 들어 있는 것 같았다. 속에서 공기 방울 같은 것이 올라오는 것 같아서 계속 트림을 해야만 했다. 하지만 트림을 할 수가 없었다. 나는 그냥 뱃속에 가스가 가득 차 빵빵하게 부풀어 오른 느낌 그대로 돌아다녔다. 점점 더 빵빵해지기만 했다.

학교 상담사 한 명이 종이 더미와 알록달록한 전단지가 잔뜩 쌓인 탁자를 가리키며 설문지를 한 장씩 가져다가 심사숙고한 후 답을 써보라고 했다. 정신 건강에 좋은 활동이라는 말도 덧붙였다. 나는 다른 아이들과 똑같이 종이 한 장을 손에 쥐고 생각했다. 뇌에서 나오는 트림이라니 정말 역겨워. 나는 설문지를 접어서 주머니에 쑤셔 넣었다. 진짜로 연필을 꺼내 들고 연필 끝에 달린 지우개를 입으로 씹으며 깊은 생각에 잠긴 여학생들도 있었다. 나는 초콜릿 케이크를 하나 더 집어 들었다. 될 대로 되라지. 초콜릿 케이크는 정말 맛있었다! 그리고 이 기분 나쁜 간담회가 끝나기를 기다렸다. 마지막에 상담사들이 다 쓴 설문지를 제출하라고 말했을 때는 '네, 뭐라고요?'라는 생각밖에 들지 않았다.

학교 상담사 선생님들은 우리를 마치 치료받아야 하거나 고칠 점이 있는 아이들 취급을 했다. 하지만 제대로 된 방법이라는 느낌이 들지 않았다. 그래도 덕분에 모건 생각을 하긴 했다. 간담회 덕분에 누군가 행복해졌을 수도 있겠지만, 나는 그날 밤 잠을 못 이루고 뒤척였다.

첫 만남

이번엔 우리가 어떻게 만났는지에 대한 이야기다. 우리는 아테나 루이킨이 모건을 목표물로 지목한 지 몇 달 후인 10월 말쯤 우연히 만났다.

그러니까 내 말은 내가 진짜 사람과 이야기를 한 게 처음이었다는 뜻이다. 인터넷이나 학교 복도에서 마주치는 투명인간에 가까운 애들 말고. 진짜 여자애하고 말이다.

나는 모건의 눈을 들여다봤고 웃게 해줬으며 모건의 웃음을 지켜봤고 목소리를 들었고 샴푸 냄새를 맡았다. 나는 지금 모건이 나한테 실제로 존재했다는 말을 하려고 애쓰는 중이다. 그 사실이 일을 이 지경까지 만들지 않았더라면 좋았을 텐데…. 나는 잘 안다. 이런 이야기를 하는 내가 어떤 모습일지를 말이다. 그리고 내 기분이 어떤지도 잘 안다. 하지만 이젠 잊어버리도록 하자. 내가 아니라 다른 데 집중해야 하니까.

호박 축제가 열렸고 나는 자원봉사자로 지원했다. 음, 아니지,

거짓말이다. 우리 엄마가 지원 서류를 냈고 나한테 하라고 했다.

"꼭 해야 해요?"

"꼭 해야 해."

"이건 불공평하잖아요."

"엄마가 네 휴대폰 요금을 다달이 내고 있잖니."

그래서 나는 호박 축제 자원봉사자가 되었다. 나는 그 일이 너무 끔찍하지는 않을 거라고 판단했다. 첫째 어린애들이 나를 물지 않고, 둘째 코에 땅콩만 한 콧물만 달고 다니지 않는다면, 그리고 셋째 나한테 척척박사 행세를 하면서 공룡이나 스타워즈 등에 대해 시시콜콜 늘어놓지 않는다면 나도 어린애들이 좋다.(맞다, 나도 마블 코믹스에서 나온 책 이야기라면 온종일 떠들 수 있다.)

나에게도 남동생과 여동생이 한 명씩 있고, 걔들을 대체로 사랑한다고 말할 수 있다. 다른 집 형제들이랑 분위기를 비교해본 적도 있으니 내 말은 확실하다.

나는 호박 축제에서 옥수수밭 미로나 유령의 집같이 플라스틱 전기톱을 들고 튀어나와 어린애들을 깜짝 놀래주는 신나는 곳에서 일했으면 하고 바랐다. 그거라면 잘할 수 있지. *으하하!* 네 살짜리 애들한테 심장마비 일으키기? 준비 완료.

그런데 페이스페인팅 구역으로 가라는 말을 듣고서 속이 뒤집어졌다.

"정말요?"

심각한 요가맘(아이들에게 유기농 음식만 골라 먹이고 환경운동에 관심이 많은 엄마를 가리키는 신조어:옮긴이) 같아 보이는 아줌마가 힘차게 고개를 끄덕였다. 자원봉사자들의 여왕처럼 보이는 아줌마였는데 겨드랑이 사이에 클립보드를 끼고 있었다.

"저는 피카소가 아닌데요."

"그리기 쉬워."

끝내주게 뻣뻣한 머리카락, 앙상한 두 팔을 가진 아줌마가 눈부시게 빛나는 하얀 이를 드러내고 환하게 웃었다.

"애들한테 별이나 호박, 아니면 무지개만 그려주면 되거든. 간단해. 그리기 연습할 종이를 한 장 줄게."

나는 우물쭈물했다.

"재미있을 거야."

아줌마가 페이스페인팅 구역 쪽으로 나를 힘껏 떠밀었다.

열성적인 요가맘에게 못 하겠다고 말하기는 힘들었다. 어쨌든 내가 자진해서 나선 일이니까 이마에 큼지막하게 '네!'라고 써놓은 것과 다름없었다.

나는 피크닉 탁자 쪽으로 걸어갔다. 누더기를 걸친 얼간이들 한 무리가 탁자를 에워싸고 있었다. 나는 학부모회 엄마들이 결국 미래에 문신 중독자가 될 아이들을 위한 수업을 자신들이 마련해놓았다는 사실을 알고는 있는지 궁금해졌다.

모건은 주근깨가 가득한 빨간 머리 여자애의 피둥피둥한 볼에 호박등을 그리고 있었다. 모건의 팔에 딱 붙어선 조그만 여자애가 움직이지 않으려고 안간힘 쓰는 모습이 꽤 귀여웠다.

"코 간지럽지?"

내가 묻자, 여자애가 두개골 속에 새로운 걱정거리 하나가 침입하기라도 한 듯 눈을 찌푸렸다.

나는 과장되게 내 코를 벅벅 긁었다.

"코 간지러운데 참으려면 힘들잖아. 안 그래?"

여자애의 코가 토끼처럼 씰룩거렸다. 어깨도 들썩거렸다.

"쟤 말 듣지 마. 간지러우면 긁어도 돼."

모건이 씩 웃으며 말했다.

그곳은 피크닉 탁자 하나와 손으로 직접 쓴 간판이 다였다. 간판에는 예상대로 '페이스페인팅 구역'이라고 쓰여 있었다. 종합 물감 한 세트가 탁자 위에 어지럽게 흩어져 있었는데 내 기준에는 완전히 엉망진창에 뒤죽박죽이었다. 미래의 폭력집단 조직원들이 삐뚤빼뚤 줄을 서서 가짜 문신을 받으려고 이제나저제나 자기 차례만 기다리고 있었다.

"저기, 음, 저 아줌마가 가서 도와주라고 하더라."

나는 기분이 한껏 들뜬 아줌마를 가리키면서 말했다.

모건은 빨간 머리 여자애의 통통한 볼에 마지막 붓질을 하고 있었다.

"완성! 어때? 마음에 들어?"

모건이 손거울을 들어 올리며 여자애한테 말했다.

여자애가 진심으로 고개를 끄덕였다.

"이거 지워지죠?" 여자애가 물었다.

"일 년이나 이 년쯤 지나야 지워질걸." 모건이 조금도 주저하지 않고 대답했다.

여자애의 눈이 이미 벼랑 끝까지 달려와버린 걸 알아차린 만화영화 주인공같이 왕방울만큼 커졌다. 허공에 떠 있다는 사실을 방금 알아챈 스쿠비 두가 "어, 어~" 하듯 말이다. 웃겼다.

"농담이야. 비누 묻혀서 물로 씻으면 금방 지워져." 모건이 웃으면서 말했다.

그제야 마음이 놓인 여자애가 컵케이크 쪽으로 뒤뚱거리며 걸어갔다.

"저 애 얼굴에 거미 한 마리 그려줄래?" 모건이 나한테 물었다.

내가 모건과 처음으로 대화를 나눈 순간이었다.

모건 옆에 앉아서 처음 한 이야기가 거미였다니.

참, 끝내준다, 그렇지?

다른 사람

나는 가끔 다른 사람이 되어보는 공상에 잠긴다.

누구든 괜찮다.

나만 아니면.

나 자신, 즉 원래의 내 모습을 어떻게 버릴 수 있을지를 상상한다. 따뜻한 봄이 온 첫날 겨울 외투를 벗어 던지듯 털어내고 싶다. 새로운 사람이 되고 싶다. 자유로운 사람.

나이가 좀 더 들었고 자동차가 있어서 여러 도시를 마구 돌아다니는 어느 이름 없는 떠돌이를 떠올린다. 아무 생각 없이 이 일 저일 닥치는 대로 허드렛일을 하겠지. 내 사촌 팀처럼 어느 공사장에서 지붕 수리하는 일자리를 잡았을지도 모른다. 무거운 지붕널을 어깨에 메고 힘겹게 질질 끌면서 사다리를 타고 높이 올라가겠지. 근육이 엄청나게 울퉁불퉁한 데다 여기저기 옷이 찢어져서 진짜 남자다워 보이겠다. 웃통을 벗고 구릿빛 피부를 드러낸 채 머릿속에 생각이라곤 전혀 없이 해 질 녘까지 쾅쾅 못을 박겠지. 무거운 짐을 나르고 못을 박다가 일을 잠깐 멈추고선 점심을 먹고 자외선 차단제를 바른 다음 또 짐을 나르고 못을 박겠지. 생각이라곤 하지 않아야 해. 원래의 나를 아예 모르는 사람들만 만나고 싶다. 백지 같은 사람이 되어야 해. '나'는 전혀 없어야 해. 지금 이 글을 쓰고 있는 나는 다른 사람이 바라는 그 어느 누구라도 될 수 있을 거다.

"전자음악 좋아해요?"

누군가 이렇게 물어볼 수도 있다.

그럼 환하게 웃으면서 대답해야지.

"네, 물론이죠! 좋아하고말고요!"

비록 원래의 나는 '빌어먹을 전자음악!' 하고 생각할지라도 말이다. 나는 행복하게 지낼 거다. 적어도 한참 동안은. 그런 다음 나는, 그러니까 나이 든 사나이가 될 수 있겠지. 비밀을 간직한 떠돌이. 또 다른 곳으로 떠나야지. 나한테 새로운 곳에서 새로운 인생을 만들어주는 거지. 사랑에 빠질 수도 있는 일이고. 더 운이 따라준다면 나를 사랑하는 누군가를 만날 수도 있을 거다.

그 여자는 내 이름을 묻겠지.

그럼 나는 그 여자의 예쁜 파란색 눈을 들여다보며 말할 거다.

"귀여운 아가씨, 나도 내가 누군지 몰라요."

추모함

추모함이 된 모건의 사물함, 많은 물건.
곰 인형, 꽃, 양초, 반지.

누군가 두고 간 시디 케이스 하나.
어떤 의미가 담긴 노래일 수도 있지만, 나는 모른다.

분홍색 실, 하트 모양 풍선,
손으로 만든 우정 팔찌, 사진, 흰옷.

십자가, 발레 슈즈, 저 멀리 더 좋은 곳에 있길 바란다는 글이 적
힌 쪽지, 편지.

알루미늄 포일에 접착테이프를 감아 만든 '평화롭게 잠들다'라
는 글귀, 여학생들이 제각기 서명한 티셔츠 한 벌.

분명히 이 땅 위에 발을 디뎠고, 멈추지 않고 앞으로
나아갔다. 누구든 남기는 흔적.

흔적, 내가 여기 있었다는, 내가 이 나무에 쉬를 했었다는.
얼마나 많이, 또 깊이 내가 널 염려하는지를 봐주렴.

우두커니 서서 바라보고 또 바라본다. 눈물은
흐르질 않아. 하지만 이를 꽉 깨물지. 내가 기억해.

생각 : 내가 이 일을 해낼 수 있을지 모르겠다.

이미 엎질러진 물

오늘 퍼거스와 이야기를 나눴다. 모건이 죽은 지 일주일째였다. 죽었고 묻혔다. 충격은 거의 가시고 점차 모든 일이 제자리를 찾았다. 신문에는 모건이 어떻게 '소셜미디어에서 위협을 당했는지'에 대한 기사가 실렸다. 하지만 아무 결론도 없었다.

정작 '가해자들' 이야기는 나오지 않았다.

소문만 무성했고 경찰은 아무도 체포하지 않았다. 모건의 부모님조차 가해자들을 경찰에 고발하는 일 따위엔 전혀 관심이 없어 보였다. 그대로 덮어두고만 있었다.

우리는 모두 마음을 놓았다.

뒤이어 새로운 소식이 마구 쏟아졌다. 필리핀을 강타한 태풍, 중국을 습격한 살인 말벌 떼, 텍사스의 어느 쇼핑몰에서 일어난 총격, 재활 시설에 들어간 어느 연예인 등등.

우리에겐 절호의 기회였다.

그래도 나는 걱정스러웠다. 수업을 마치고 버스를 타기 전, 자전거 보관대 옆에 있던 퍼거스와 마주쳤다.

"있잖아, 경찰이 그걸… 다 찾아낼까?"

퍼거스는 내 쪽으로 고개도 돌리지 않고 자전거 자물쇠의 비밀번호를 맞추고 있었다.

"내 말은, 경찰들이라면 당연히 알겠지. 하지만 누가 그 글을 올렸는지 찾아낼 수 있나 해서. 컴퓨터 IP 주소나 뭐 그런 걸 추적할 수 있을까?"

나는 다시 퍼거슨한테 물었다.

"그런 사이트는 암호화돼 있어. 익명이고. 그게 다야. 셜록 홈스 납셨구만." 자전거 안장에 체인 자물쇠를 둘러 다시 채우면서 퍼거스가 덧붙였다. "샘, 난 네가 무슨 얘길 하는지 모르겠다. 너, 무슨 짓 했냐?"

(내가 무슨 짓을 했냐고?)

퍼거스의 말이 야구방망이가 되어 나를 때렸다. 그것도 급소를 제대로 맞았다.

"난 그 일에 전혀 관련이 없거든." 퍼거스가 침을 뱉으며 말했다.

"하지만…."

키가 큰 퍼거스가 자기 근육질 허벅지에 자전거를 기대놓고 꼿꼿이 섰다. 그러더니 내 어깨를 꽉 움켜잡고는 나를 노려보면서 목소리를 낮추고 속삭이듯 말했다.

"내 친구 샘, 잘 들어. 난 네가 무슨 얘길 하는지 모르겠어. 그리고 난 신경도 안 써. 이미 엎질러진 물이니까. 그러니까 입 닥쳐.

알아들었어? 진심이야. 다시는, 다신 절대로 이런 얘기 하지 마. 나한테도 그렇고, 딴 사람한테도."

퍼거스가 오른 주먹을 뒤로 살짝 빼더니 내 가슴을 향해 그대로 날렸다. 그리 세게 친 건 아니었지만, 그 의미는 방금 한 말 그대로였다. 딱 두 마디: 입 닥쳐. 그리고 몇 마디 더: 안 그랬다간 보자!

어디선가 목소리가 들려왔고, 퍼거스가 내 뒤쪽의 누군가에게 손을 흔들었다. 어깨 너머로 돌아보니 정문 옆에 서서 기다리고 있는 아테나 루이킨이 보였다. 긴 금발 머리의 아테나는 나무랄 데 없이 예쁜 가슴 아래로 팔짱을 끼고 입을 꼭 다문 채 우리를 쳐다보고 있었다. 내가 손을 들어 인사했지만, 아테나는 알은체도 하지 않았다. 하긴 여왕벌이 일벌한테 인사하는 법은 없으니까.

바닷가 바위에 부서지는 거친 파도 소리가 백색 소음처럼 머릿속에서 아우성쳤다. 나는 안개 속에 갇혀버렸다. 갑자기 하늘이 맑게 개더니 해가 나타났다. 이제 내가 어떻게 할지 감이 왔다.

계획이 섰다.

우리는 모두 전혀 모르는 일이라고 말할 것이다. 그리고 아무 일 없을 것이다.

빈칸

오늘은
한 자도 쓰지 못했다.

빈칸 채우기

내가 학교에서 받아온 설문지 기억나지? 내 상처가 낫는 데 도움이 될 정신 훈련이라고 했었나? 그 종이를 책상 서랍 속에 쑤셔 넣어뒀던 것 같다. 이제야 내 방에서 설문지를 채워보려고 한다.

1. 내 주위 사람 중 죽은 사람은 ———— 이다.

  a) 음, 죽은 사람?

  b) 모건 말렌

  c) 내가 좀 알고 지냈던 여자애

2. 죽음의 원인은 ———— 이다.

  a) 땅

  b) 시간이 얼마나 있지?

  c) 나는 왜 모건이 자살했는지 모른다. 우울증 때문일 수도 있겠
     지만, 정말 모르겠다.

3. 내가 그 죽음을 알게 된 건 _____ 때였다.

문자 메시지를 한 통 받았다.

4. 나는 내가 사랑한 사람이 죽은 뒤 _____ 라고 믿는다.

a) 잠깐, '사랑한 사람'?

b) 이거 진짜 사후 세계에 대한 질문인가? 날개 달린 하프 연주
자들에게 둘러싸인 모건이 푹신한 구름 위에 앉은 모습을 진
짜 볼 수는 없을 것 같은데.

c) 삶이 끝나서 참 다행이야.

5. 처음 든 느낌은 _____ 이었다. 왜냐하면 _____

a) '충격'이 느낌인가? 충격은 느낌이 아닌 것 같은데, 전혀. 왜냐
하면, 나도 죽음을 느꼈기 때문에?

b) 그러니까 뭔가 더 있는데… 지금 생각하니까 그렇다. 나는 들
떠 있었다. 어마어마한 사건이었기 때문이다. 그래서 정신 나
간 애처럼 메시지를 여기저기 보냈고 트위터가 터져나갈 지경
이었다. 역겹게 들릴지도 모르지만 처음엔 분명 짜릿한 기분이
었다. 이젠 내가 그랬다는 사실이 나를 얼마나 우울하게 하는
지 말할 수도 없을 정도지만.

6. 지금 내 기분은 _____ 이다. 왜냐하면 _____

a) 형편없다. 왜냐하면, 말하나 마나 아닌가?

b) 화가 난다. 왜냐하면, 설문지 꼴 좀 봐!

7. 나를 가장 화나게 하는 일은?

a) 내가 화나는지 어떻게 알았지?

b) 내 주변에 수두룩한 거짓말쟁이들.

c) 모건이 스스로에게 한 일, 그리고 일이 이렇게까지 된 것, 그리고….

8. 나는 _____ 가 걱정이다. 왜냐하면 _____

a) 다음에 뭐가 올지 걱정이다. 왜냐하면, 어휴.

b) 내가 걱정된다. 왜냐하면 모든 게 완전히 엉망진창이니까.

9. 학교생활에서 가장 어려운 일은 _____ 이다. 왜냐하면 _____

a) 이 질문은 함정이지? 다음 질문!

b) 모건의 사물함이 지금은 성스러운 곳이 된 것. 가식적이게도.

c) 과학실에서 음악실까지 복도를 걷는 일. 늘 모건과 마주치던 곳이라서.

d) 내가 말하지 못한 모든 것.

10. 내 친구들은 _____

a) 멍청하다.

b) 죄까지 지었다.

c) 좀 무섭다.

11. 내가 아는 어른들은 나에게 _____ 라고 말한다.

a) 미안한데 못 들었어. 뭐라고?

b) 설문지 빈칸을 채우는 것이 좋은 '정신 훈련'이란다.

c) '잊고 넘어가는 것'이 최고란다.

12. 가장 큰 도움이 되는 것은 _____ 이다.

a) 이 바보 같은 설문지. 농담!

b) 텔레비전. 매우 큰 도움이 됨.

c) 정답이 뭔지 알고 싶다. 진심.

d) 잠깐! 내 일기? 빈 페이지? 글짓기?

13. 가장 도움이 안 되는 것은 _____ 이다.

a) 전혀 신경 쓰지 않는 척하는 일.

b) 신경 쓰는 척할 뿐, 자기밖에 모르는 멍청한 애들.

사람들의 말

나는 수다쟁이들이
알든 모르든
마구 지껄여대는 걸 들었다.

    모건은 바보 같은 애였다.
    모건은 아팠다.
    모건은 이기적인 데다 무모하고 심사가 꼬였고
    마약 중독에 아무한테나 치근덕거렸다.
    유서를 남겼다.
    유서를 남기지 않았다.
    숲 가장자리에 있는 급수탑에서 어떻게 몸을 던졌는지,
    그리고 드마커스가 농담으로 한 말.
    "젠장, 모건이 우리 놀이터를 망쳐버렸잖아. 왕짜증!"

나는 말을 하지도,

웃지도 않으려고 애썼다.

그저 고개만 끄덕였다.

그리고 이리저리 둥둥 휩쓸려 다니기만 했다.

마치 누군가가 턴

담뱃재처럼.

아직 아무것도

우리 학교 건물은 기본적으로 세 가지 색으로 이루어졌다. 역겨운 초록색, 오줌자국 색, 그리고 얼룩덜룩 농도가 다른 베이지색. 매년, 우리는 그토록 멋진 건물 안에서 정확히 100일하고도 80일을 보낸다. 눈 내리는 날은 며칠 뺐다. 우리는 마치 칼로 찌른 물풍선 안에서 쏟아지는 물이나 베인 소매 위로 솟구쳐 나오는 피처럼 우르르 밖으로 몰려나갈 시간만 기다렸다.

그런 다음 우리는 풀려났다.

모건과 내가 마지막으로 주고받은 문자 메시지 중에는 모건이 학교에서 보내는 180일 중 단 하루도 좋은 날이 없다고 했던 문자도 있었다. 모건은 매일 똑같이 반복되는 지루한 하루하루를 견딜 수 없어 했다.

그래서 나는 그런 생각이 모건이 저지른 일에 어느 정도 영향을 주지 않았을까 하고 생각한다. 하다못해 타이밍에라도 영향을 주었을지 모른다.

하지만 아직…

더 많은 일이 있었다. 그렇지?

단 하루도라고? 그건 너무했다. 180일 가운데 단 하루도 좋은 날이 없었을까? 모건이 학교에서 얼마나 어려움을 겪고 있었을지 고려하더라도 믿기 힘들다.

매일? 진짜니, 모건?

모건이 제대로 생각하지 못한 거다.

(확실하다.)

나는 모건의 말을 믿고 싶지 않다.

(이것도 마음이 좀 아프다.)

나는 정반대 경우를 알고 있으니까. 좋은 날, 좋은 순간도 있었다. 그러니까 모건이 행복했던 순간들 말이다.

(그렇게 보였거나, 아니면 모건이 괜찮은 척했을 수도 있고.)

모건이 급수탑 위에서 왜 몸을 던졌는지에 대해 생각할 때면, 텅 빈 공중으로 발을 디딜 때 몸이 어떻게 움직이는지 궁금해진다.

그 생각을 머릿속으로 사진처럼 생생하게 떠올리면, 그러면 음, 모건이 정말 그럴 마음이었던 게 분명하다는 생각이 든다. 모건은 그럴 수밖에 없었다.

몸을 던지던 그 순간만큼은 모건은 그렇게 믿었다.

나는 이렇게 말하고 싶다.

모건에겐 배짱이 있었다.

그렇지만 나는 아직도 궁금하다. 발길질하고 팔을 빙빙 휘두르며 허공으로 떨어지는 동안 모건은 무슨 생각을 했을까? 마치 우주를 통과하는 헝겊 인형이 된 기분이었을까? 후회하면서 비명을 질렀을까? 아니면 그저 자루처럼 소리 없이 내려와 퍽 소리를 내며 땅에 떨어진 걸까?

불을 끄고 혼자 있을 때면 이런 생각이 밀려든다. 그래서 요즘은 음악으로 이런 생각을 덮어버리려고 헤드폰을 낀 채 잠을 청한다.

사고

나는 그러지 않았다.
내가 아니라…

모건은 아팠다.
아무도 알지 못했고…

그리 심각하게
여기지도 않았다.

꼬리표 붙은 급수탑

오늘은 새로운 소문이 돌아 학교가 떠들썩했다. 모건의 추모함이 주말 동안 엉망이 되었다. 그나마 반 정도 남은 물건들(풍선, 사진, 곰 인형)도 다 망가졌고 조문 카드도 여기저기 흩어져 있었다. 정말이지 눈 뜨고 못 봐줄 정도로 엉망이었다고 한다. 그리고 누가 급수탑 측면에 스프레이 페인트로 글씨를 써두었다.

걸레 같은 애니까 죽어도 싸.

믿을 수가 없는 일이다. 그러니까, 도대체 왜? 학생들은 눈물을 더 흘리며 더 많이 울었다. 모두 충격을 받아 겁에 질리고 몹시 화가 난 것처럼 행동했다.

나는 누가 그런 짓을 했는지 확실히 짐작이 갔다.

아테나는 화난 척조차 하지 않는다.

"우린 친구도 아니었거든. 다들 알잖아."

나는 아테나가 이런 말을 하는 걸 들었다.

증오심은 놀라운 감정이다. 어떤 날은 세상이 돌아가는 건 증오심 덕분이라는 생각이 든다. 다른 날은 증오심이 하루 동안 자리를 비우고 어리석음이 끼어들기도 한다.

뱃속이 텅 비고 뇌도 기진맥진해서 더는 생각할 여력이 없다. 지금 내가 배 위에 타고 있고, 거친 파도 때문에 내장이 모조리 다 쏟아져 나올 것 같은 느낌이다. 곧 상어 밥이 될 신세.

홀로 또 같이

모건과 내가 두 번째로 단둘이만 있었던 것은 호박 축제가 있은
지 몇 주 후였다. 우리는 학교 뒤편에서 꽤 멀리 떨어진 공터에 있
었는데, 그 공터는 모건네 집과 우리 집의 딱 중간 지점이었다. 나
는 초콜릿 색 강아지 맥스를 데리고 나가서 테니스공을 성층권까
지 닿을 듯 세차게 던져 올리며 놀고 있었다. 맥스는 8년 정도 됐
는데도 여전히 보송보송한 초록색 공을 뒤따라가서 나한테 물어
다 주는 놀이를 무척 좋아한다. 래브라도 종에겐 몸에 밴 행동이
다. 물어오고 다시 던져주세요, 물어오고 다시 던져주세요. 맥스를
영리한 강아지라고 말하지는 않겠다.

사실 나는 최대한 멀리 던진 공을 쫓아 맥스가 달리고 또 달리
는 모습을 지켜보는 걸 좋아한다. 맥스와 함께 있으면 드라마가
따로 없다. *안타!* 내가 공을 날려 보내면 맥스는 그 뒤를 따라 껑
충껑충 달린다. 높이 날아오르던 공이 땅으로 떨어졌다가 다시 높
이 튕겨 오르면 맥스는 풀쩍 뛰어올라 단번에 공을 입에 문다. 나

도 맥스처럼 놀라운 점프력이 있으면 좋겠다는 생각이 든다.

물론 맥스 같은 타고난 운동선수도 얼마 지나지 않아 지치고 만다. 나는 맥스가 나무 근처로 가서 코를 킁킁거리며 어디다 오줌을 눌지 고르는 동안 휴대폰을 확인했다.

왈왈왈왈, 왈! 왈왈, 으르렁 왈, 으르렁 왈, 왈!

흰 대걸레처럼 보이는 작은 물체가 카랑카랑한 소리로 짖어대며 화난 미치광이처럼 나를 향해 달려들었다.

"미안해. 미안, 미안."

어디선가 목소리가 들려왔다.

목소리가 나는 쪽을 보니 모건이 걸어오고 있었다.

모건이 연신 사과를 하면서 강아지한테 목줄을 채웠다.

"미안. 래리가 사람만 보면 짖어. 좀 그만했으면 좋겠는데…."

모건이 말끝을 얼버무리며 강아지를 풀밭에 내려놓았다.

"래리라고?"

"응. 왜?"

모건의 목소리에 날이 서 있었다. 자신을 방어하겠다는 의지가 강하게 전해져 왔다.

"아니, 이름이 예뻐서."

내 대답에 모건의 표정이 누그러졌다.

맥스가 요란스레 짖어대는 강아지를 확인하러 다가왔다.

"맥스, 래리랑 인사해."

나는 길을 비켜주면서 맥스한테 래리를 소개했다.

모건이 맥스의 목과 머리를 긁어줬다. 맥스가 좋아 죽겠다는 모습으로 모건의 다리에 몸을 찰싹 기댔다. 대걸레처럼 희한하게 생긴 강아지가 샘이 나는지 왈왈왈 쉬지 않고 짖어댔다.

나는 화면을 넘기면서 휴대폰만 빤히 바라봤다.

모건이 외투 주머니에서 휴대폰을 꺼냈다.

우리는 굉장히 어색한 상태로 각자 휴대폰으로 게임을 하면서 공터에 서 있었다. 둘 사이엔 정적만이 구름처럼 맴돌았다.

나는 휴대폰을 주머니에 집어넣고 모건한테 말했다.

"잘 가."

모건이 나한테 인사를 했는지는 기억이 나지 않는다. 하지만 맥스한테 했던 말은 기억난다.

"나중에 또 보자, 이 녀석!"

무용 수업

모건이 방과 후에 무용 수업을 들었다는 사실을 알게 되었다. 화요일과 목요일. 모건은 자기 강아지를 정말 사랑했다. 하지만 모건의 부모님은 기자들에게 모건이 조용한 것을 좋아했다고 말했다. 집에 틀어박혀 보드게임을 하거나 영화를 보는 것 말이다.(보드게임이라니, 몰랐다. 어떤 보드게임을 좋아했는지 궁금하다.)

아주 틀린 말은 아닐지도 모르겠다.

모건이 사라져버린 이제야 나는 무용 수업에 대해 생각한다. 모건은 아마 시내에 있는 '제너비브 무용학원'이나 '재즈 익스피리언스' 중 한 곳에 다녔던 게 틀림없다. 그곳에서 모건이 아테나와 처음 마주쳤을지도 모른다. 음, 바로 이 끝의 시작이었을까? 나도 속속들이 다 알지는 못한다. 한 남자애를 사이에 둔 싸움이었나. 나는 모건이 스판덱스 튀튀(발레를 할 때 입는, 주름이 많이 잡힌 스커트:옮긴이), 아니면 뭘 입었든 옷 위로 뱃살이 볼록 나온 모습으로 얼마나 신나고 행복해했을지 떠올린다. 모건은 외모가 뛰어나게 예쁜 애는 아니었다. 특히 여름이 될 무렵에는 살이 많이 쪄서 좀 뚱뚱한 편이었다. 모건은 자기 외모에 아예 신경을 안 쓰는 것 같았다. 하지만 지금 내 기억 속에 떠오르는 모건은 팔로 책을 끌어안고 고개를 숙인 채 누구와도 눈을 마주치지 않고 조용히 복도를 지나는 모습이다. 나는 그 모습 뒤에 분명히 무용수의 우아함이 있었다고 생각한다. 나도 모르게 복도를 걷는 모건을 뒤따라간 적이 몇 번 있었다. 나는 모건과 같은 수학 수업을 들었고, 우리 둘 다 음악 수업을 들으러 건물 반대쪽에 있는 음악실로 한참을 걸어야 했다.

나는 가끔 멀찌감치 떨어져서 오른쪽 왼쪽으로 왔다 갔다 하며 몰래 모건의 뒤를 따라가곤 했다. 마치 음흉한 형사가 차를 타고 범인을 미행할 때처럼 말이다. 모건은 어깨를 축 늘어뜨린 채 잔뜩 웅크리고 있었다. 마치 공이라도 되고 싶은 모양이었다. 하지만 모건이 자기 자신을 잊어버리기라도 한 것처럼, 아니 다른 사람들조차 아예 잊어버린 것처럼 보일 때도 몇 번 있었다. 그럴 때면 모건은 고개를 치켜들고 성큼성큼 걸었는데, 나는 다른 애들이 뭐라 하든 상관없이 모건이 정말 아름다운 여자애라는 사실을 알 수 있었다.

물론 알다시피 왕따를 좋아하는 사람은 없다.

나는 학교에선 모건과 이야기를 나눠본 적이 없었다.

단 한 번도.

날개 없이 나는 모건을 보다

내가 마침내 말을 더듬거리며 모건한테 인사했을 때였다.

& 모건은 죽었다.

여신

아테나 루이킨의 기세가 어느 정도였는지를 말하자면 빤한 이야기부터 해야 한다.

아테나는 예뻤다. *끝내주게 예뻤다.* 누구나 다 알았다. 아테나를 쳐다보지 않고는 못 배길 정도였다. 금발, 입술, 잡티 하나 없는 피부, 그리고 날씬한 몸매까지. 근처 다섯 군데 초등학교 출신 애들이 같은 중학교로 한데 모인 순간부터 아테나는 전설적인 존재가 되었다.

남자애들은 말했다.

"너 혹시… 봤어?"

"걔랑 같은 영어 수업 듣잖아."

"끝내주게 예뻐."

아테나는 우리가 생전 처음 만난 섹시한 여자애였다. 아테나는 외모 덕분에 유명세는 물론 권력까지 손에 넣었다. 아테나도 자기만의 문제를 갖고 있었다는 걸 이제야 알겠다. 뛰어난 몸매 뒤에 여러 단점에 불안정한 성격까지 더한 평범한 여중생이 있었던 거다. 중학교에 입학한 뒤로 우리는 아테나가 올림포스 산에서 내려온 선물이라고 생각했다. 그래서 남자애들은 아테나가 거만한 행동을 하더라도 어느 정도까지는 당연하게 여겼다. 우리는 그냥 아테나가 우리보다 더 낫다고 생각했고 실제로도 여러 면에서 아테나는 우리보다 뛰어났다. 아직도 이유를 잘 모르겠지만 여자애들도 모두 아테나가 주도하는 대로 따랐다. 아마 '예쁘다'는 점에 점수를 너무 후하게 줬던 것 같다.

아테나는 모건 말렌을 싫어했고(*싫어하고 또 싫어했다!*) 모건을 최대한 괴롭히는 일을 일생일대의 임무로 삼았다. 그리고 모건을 괴롭히는 데 아테나는 재능을 타고났다. 내 말은 아테나가 아주 '능숙했다'는 뜻이다.

세상이 다 그렇지 뭐. 세상에는 인기 없는 사람들이 늘 있기 마련이다. 그리고 여자애들이 한없이 잔인해질 수 있다는 사실도 모르는 사람이 없다. 물론 남자애들도 악랄해질 수 있다. 고릴라같이 덩치만 크고 멍청한 남자애들도 있긴 하지만. 도미니크가 에디를 두들겨 패는 걸 목격한 적이 있었다. 농구장에서 에디가 다리를 밟아서 조금 상처가 났다는 이유로 떡이 되도록 때렸다. 에디가 일부러 그런 것도 아닌데 도미니크는 그렇게 생각하지 않았다. 도미니크는 정신이 좀 나간 애 같았다. 다음 날, 에디가 퇴원했고 둘 다 그 사건을 더는 생각하지 않았다. 나도 그랬다.

그런데 아테나는 좀 달랐다. 아테나는 단 한 마디 말로 누군가의 마음을 갈기갈기 찢어놓을 수 있는 애였다. 그 애의 최대 약점을 잡아 괴롭히고 상처 위에다 소금을 뿌린 다음 모두가 보는 앞에서 생굴을 먹듯이 한입에 삼키곤 했다.

아테나는 집요했다. 매일 밤 자기 적을 고문할 새로운 방법을 고안해냈다. 새로운 거짓말, 새로운 상처에 새로운 게임까지. 아테나는 영화 〈터미네이터〉 3탄(존 코너를 죽이기 위해 다시 돌아온 T-X 역을 맡은 금발의 냉혈녀… 아, 이건 쓸데없는 얘기네)에 나오는 주인공처럼 지칠 줄을 몰랐다.

시간이 지나면 보통 애들은 관심사가 바뀐다. 하지만 아테나는 여전히 병적으로 비뚤어진 무자비한 제 마음이 충분히 만족할 때까지 계속 괴롭혔다.

모건은 적어도 1년, 아니면 더 오랫동안 아테나의 혐오 목록에 오른 목표물 제1번이었다. 나는 그 이유를 확실히 모르겠다. 소문을 듣긴 했다. 모건이 어울리지 않아야 할 남자애와 얘기를 나눴다고 했다. 모건과 그 남자애 사이에 어떤 일이 일어났을 수도 있고 아닐 수도 있다. 모건과 아테나가 한때는 친구였을 수도 있다. 정확하지도 않지만 알고 싶지도 않다. 여자애들 사이에서 벌어지곤 하는 드라마 같은 일이니까. 중요한 건 아테나가 모건의 등을 과녁으로 정하고 걸레라는 꼬리표를 붙인 다음 다른 애들 손에 무기를 넘겨줬다는 사실이다.

우리가 아테나한테 뭐라고 말했는지 알겠지?

(이게 바로 모건을 죽인 거다.)

"당연히 할 수 있지. 네 친구가 될 수만 있다면야!"

우리는 모두 아테나 루이킨과 친구가 되기를 바랐다. 아테나는 몸에 딱 붙는 청바지에 노스페이스 재킷을 입은 여신이었다.

하지 못한 이야기

내가 해야 했지만 하지 못한 이야기 몇 가지는 이렇다.

"넌 혼자가 아니야."
"괜찮아질 거야."
"난 널 걱정하고 있어."
"네 삶은 중요해."
"네 옆에 내가 있잖아."

다음은 내가 한 이야기.

"넌 못생긴 뚱땡이 짐승이야."

이거 진짜야!

도서관

모건과 내가 처음으로 함께 웃었던 날은 11월의 어느 토요일인가 일요일이었다. 나는 엄마랑 동네 도서관에 갔다. 엄마는 '최신 인기 소설' 서가를 둘러보러 갔고 나는 비디오테이프 진열대 주위를 어슬렁거렸다. W칸에서 〈월드 워 Z〉, 〈우주 전쟁〉 같은 영화를 찬찬히 훑어보던 중이었던 걸로 기억한다. 그때 모건이 살그머니 다가오더니 말했다.

"나, 네가 무슨 짓 하는지 봤어."

뭔 소리야? 나는 도서관 같은 공공장소에서 모건과 마주치리라 곤 상상도 못 했다. 게다가 우리가 이야기를 주고받을 만한 사이라고 생각한 적도 없었다.

"자동문 앞에서, 네가 손으로 한 짓 있잖아."

모건의 목소리에 장난기가 어려 있는 게, 꽤 재미있는 모양이었다. 아, 그거 말이구나. 나는 슈퍼마켓이나 도서관 같은 데서 자동문이 열리는 순간에 딱 맞춰 손을 휘젓는다. 내가 주문을 외워서

문이 열리는 것처럼.

물론 엉뚱한 짓이다. 나는 멍청이니까. 그냥 버릇일 뿐이다.

"누가 볼 거라고 생각 못 했어."

나는 인정할 수밖에 없었다.

"그런데 그게 뭐 하는 거야?"

모건이 활짝 웃으며 물었다.

피가 갑자기 확 몰리며 뺨이 후끈 달아올랐다.

"오비완 케노비(영화 '스타워즈' 시리즈에 등장하는 제다이 기사:옮긴
이)가 하는 거." 나는 머뭇거리다 설명했다. "너희가 찾아 헤매는
드로이드(인간 형태의 로봇들을 가리키는 말:옮긴이)가 아니야. 모르
니?"

"영화 대사야?"

모건이 멍하니 나를 쳐다보다가 물었다. 내가 무슨 말을 하는지
전혀 감을 잡지 못하는 눈치였다.

"스타워즈 4편. 실제론 제1편이지만." 나는 최대한 오비완과 비
슷한 목소리로 몸짓까지 흉내 내며 말했다. "너는 이 아이의 신분
을 몰라도 된다."

전혀 반응이 없었다.

"넌 스타워즈 본 적 없어?"

모건이 어깨를 으쓱했다.

"음, 뭔지는 알아. 내가 세상과 담을 쌓은 것도 아닌데. 그냥 보
는 둥 마는 둥 했나 보지 뭐."

"보는 둥 마는 둥이라니? 그 반대는 뭐야 그럼?"

"티브이가 켜져 있긴 해도 실제론 안 보는 경우가 있잖아. 그러다 결국엔 딴 데 틀고."

"정말?"

"혹시 네가 모를까 봐 그러는데, 난 케케묵은 청바지 입은 고리타분한 아저씨가 아니거든. 평범한 10대 여자애들은 스타워즈 같은 거 관심 없어."

(평범하다고? 하긴, 나도 그런 소리를 들었지.)

"하지만 난 어릴 때부터 그 영화를 정말 좋아했어."

그러자 모건이 기세등등한 목소리로 자신 있게 말했다.

"너네 아빠가 엄청 중요한 의식이라도 치르듯 널 데리고 스타워즈 보러 갔다는 데 10달러 걸게. 남자들끼리나 하는 거."

"우리 아빠가 그러신 거 맞아. 아빠랑 나한텐 정말 중요한 일이었거든. 꼭 어제 일처럼 생생히 기억해. 오렌지 소다까지 사주셨거든."

"그걸 세뇌라고 부른단다. 너, 나한테 10달러 빚졌네."

"난 내기 안 했는데."

"얼른 줘."

모건이 손을 내밀었다.

바로 그때, 사람들이 서가 사이 통로로 몰려들었다. 엄마가 우리 쪽으로 다가오는 게 보였다. 이상하게 뭔가 들킨 기분이었다. 그래서 잽싸게 아무 영화나 하나 꺼내 쥐고 중얼거렸다.

"나, 간다."

모건은 이미 공포영화 한 편을 골라 들고 뒷면을 들여다보고 있었다.

"이거 봤어?" 모건이 물었다.

"글쎄, 아니."

나는 오비완을 흉내 내며 손을 흔들고는 휙 자리를 떴다.

우리는 작별 인사 하는 법을 전혀 알지 못했다.

내 이야기

맥스가 미국에서 가장 흔한 개 이름이라는 걸 읽은 기억이 난다. 그다음은 데이지였다.

믿기 어려운 얘길 하나 하자면, 강아지가 수컷이니까 여자 이름을 붙이면 안 어울릴 거라고 부모님이 설명해주기 전까지 이름을 데이지라고 지을까 하고 생각했다는 거다.

그래서 생각하고 생각해낸 이름이 맥스였다. 나는 천재다, 그렇지? 진실한 존재 자체, 그게 바로 나다.

나는 아주 평균적인 애다. 솔직히 말하면 평균보다 조금 모자랄지도 모른다. 키만 빼면. 나는 또래 애들보다 커서 키가 180센티미터나 되는데 엄마 말로는 잡초처럼 쑥쑥 자라서 그렇다고 한다.

나는 여자친구를 사귀어본 적이 없다. 실은 여자애들이 무섭다. 특히 예쁜 애들은 더하다. 머릿속이 하얘지고 혀가 주방용 수세미만큼이나 크게 부풀어 올라서 말만 하면 "내 마른 그뤠서 저, 저, 저기" 하고 튀어나온다. 여자애 근처만 가도 전원이 아예 꺼져버린다. 와이파이가 안 잡히고 통신 신호도 안 잡히면 휴대폰으로는 아무것도 할 수 없다. 내 상태가 딱 그렇다. 멍하니 바닥을 내려다보며 눈만 껌뻑, 껌뻑, 또 껌뻑할 뿐이다.

하지만 모건과 함께 있을 때는 달랐다. 아마 내가 모건을 여자애로 여기지 않았기 때문인 것 같다. 처음에도 그랬고 모건을 여자애로 본 적이 없었던 것 같다. 설명하자니 혼란스럽다. 그리고 이젠 무슨 소용인가 싶기도 하다.

실상을 말하자면, 나는 한낱 추종자일 뿐이었다. 이것 말고는 설명할 도리가 없다. 나는 애들이랑 어울려 놀 때나, 사람들 틈에 섞여 있을 때, 잘난 애들 몇 명과 어울려 탁자에 앉아 점심을 먹고 농담하면서 깔깔댈 때 행복하다. 무엇이든 내가 맡아서 하고 싶지 않다. 다행히 나는 아무것도 맡은 일이라곤 없고 그래야 행복해진다. 결정은 다른 애 앞으로 미뤄두기. 그저 애들과 한패가 된 것만으로도 행복하니까.

아무튼 나는 그런 애였다.

나는 외면했다

나는 지금 말하려는 상황을 머릿속으로 백 번, 천 번 되짚어봤다. 모건을 동네 도서관에서 우연히 만난 지 일주일이 지난 어느 날이었다.

나는 친구들 몇 명이랑 쉬는 시간에 학생들로 붐비는 복도를 걷고 있었다. 그때 두 팔로 책을 방패처럼 꽉 움켜쥔 모건을 봤다. 모건은 혼자 고개를 푹 숙이고 여느 때와 다름없이 어깨를 잔뜩 움츠린 모습이었다. 모건이 나를 알아봤는지는 모른다. 하지만 우리가 옆을 지나는 순간 모건이 고개를 들었고 눈을 깜빡거렸다.

우리는 서로 눈이 마주쳤다.

모건의 입술이 보일락 말락 움직였다. 그리고 모건의 눈빛 속에 무언가… 분명 무언가가 있었다.

"젖소다." 팀 얼리가 말했다.

"음무, 음무, 음무우우우우우."

제프 카스텔라노가 흉내 내자, 곧 낄낄대는 웃음소리에 헛간에

서 날 법한 소리를 흉내 내는 애들의 목소리가 뒤를 이었다. 암탉이 꼬꼬댁거리는 소리, 수탉이 우는 소리, 돼지가 꿀꿀거리는 소리. 웃음소리가 마치 칼날처럼 몰려들었다.

모건의 뺨이 새빨갛게 달아올랐다. 모건은 고개를 숙이고 마구 달렸다. 긴 복도 저쪽, 저 아래로. 비웃음 소리는 모건을 잘게 찢고 옷에 달린 리본마저 난도질했다.

하지만 모건과 내가 눈을 마주치기 전까지만 해도 그렇지 않았다. 애들한테 모진 비웃음을 당하는 동안 모건은 아주 잠깐, 찰나의 순간이었지만 나와 눈이 마주쳤다. 그리고 나는 모건의 눈빛 속에서 공포와 놀라움을 봤다. 모건은 아마 내가 한 행동에 더 놀랐겠지. 나는 모건한테 고개를 까딱하며 인사하거나 웃어주기라도 해야 했다. 아니면 한 마디 말이라도 건넸어야 했다.

나는 모건이 며칠 전만 해도 함께 웃었던 친구라는 사실을 깨닫지 못했다.

내가 그날 한 일이라곤 모건을 외면한 것뿐이었다.

그게 내가 한 일의 전부다.

나는 모건을 외면했다.

나는 모건이 찾던 드로이드가 아니었다.

나는 누구?

　존경하는 배심원 여러분, 내 소개를 할 기회를 주시기 바랍니다. 나는 불량배가 아닙니다.

　음.

　새뮤얼 프록터는 여러분이 상상하는 그런 인물이 아니다. 물론 여러분은 상자 안에 넣고 꼬리에 핀을 꽂아 고정하고 꼬리표를 붙여서 나를 단정 짓는 쪽을 더 좋아할지도 모르겠다. 하지만 나는 그런 부류가 아니다. 불량배 말이다. 다른 이의 영혼을 망가트리는 악마 같은 존재.

　나는 불량배보다는 좀 낫다.

　뜬금없는 이야기지만, 나는 엄마를 사랑한다. 여러분도 엄마를 사랑하도록. 나는 우리 집 맏이다. 우리 집 강아지는 내가 돌본다. 좋은 친구이자 꽤 괜찮은 야구부원이기도 하다.(아주 끝내주는 선수는 아니지만.) 나는 타석에 서는 선수를 탄탄하게 받쳐줄 수 있다. 삼진 아웃을 당한 팀원에겐 "괜찮아, 다음 기회가 있잖아." 아니면

"젠장, 고약한 커브볼이었어. 누구라도 칠 수 없는 공이었어." 하고 말해줄 수도 있다.

비록 나는 경기에 나가지 못하더라도 경기 중간에 우익수가 몸 푸는 걸 제일 먼저 나서서 도울 사람이기도 하다.

누구에게든 물어봐. 난 괜찮은 녀석이야.

내가 저지른 멍청하기 짝이 없는 행동으로 나를 영원히 낙인찍으려 하진 마.

단 한 번 저지른 실수였다.

완전히 망쳤다.(하지만 누구든 1년 365일 늘 완벽할 수는 없잖아?)

그래, 좋아. 솔직히 말할게. 엄밀히 말하면 '단 한 번'은 아니었다. 여러 번 연달아 실수하긴 했다.

일이 너무 심각해질 때까지 난 그저 내버려두었다. 그 일을 멈추려고 애썼어야 했다. 그랬어야 했는데….

(반드시 해야만 했고, 할 수도 있었다.)

한 가지 일을 망친다고 해서 인생 전체가 결정되는 걸까? 물론 아니다, 말도 안 된다. 우리는 평생 셀 수 없을 정도로 수많은 일을 한다. 우주에 존재하는 별의 개수만큼, 수천억 가지가 넘을지도 모른다.

그래도 내 생각에 인생은 단 한 가지에 달렸다, 맞지? 나는 모진 문자 메시지를 여러 번 보냈다. 당연히 좀 더 다정하게 대했어야 했다. 그렇다고 내가 영원히 불량배인 건 아니다. 언젠가 나는 대학에 가고 싶고 결혼해서 아이를 낳아 아빠가 되고 변호사나 작가도 되고 싶다. 생명을 구하고 환경보호운동을 하고 세계 여행을 하고 모험도 할 거다. 그러니까 '좋은 일'을 할 거다.

모건은 뛰어내렸다.

모건이 저지른 일이다. 배심원석에 앉아 있는 동안은 꼭 기억해 주길 바란다. 그리고 나는 모건이 저지른 일이 정말 싫다. 모건은 무슨 생각을 하고 있었던 걸까? 분명 모건한테 문제가 있었고 나는 모건의 골치 아픈 인생에 휘말려버렸다. 정말 끔찍하다. 내가 한 일은 일단 제쳐놓고(나는 잊길!) 모건 말이다. 모건이 스스로 한 일을 생각하면 내가 죽을 것 같다.

나쁜 생각: 살인자들이 내 기분과 비슷한지 궁금해진다. 그러니까 '나는 한 노숙자의 목을 여덟 번 찔렀습니다. 하지만 그 일과는 별개로 난 정말 착한 남자입니다.' 같은 기분이랄까.

참 나. 아니면 웩.

아니면 반대로 어느 한구석 빠질 게 없는 멋진 녀석들이 파티에서 술 취한 여자애들을 유혹한 경우라면? 절대 안 돼! 영원히 자신을 망쳐버릴 일을 한 거다. 영혼마저 불타 없어져버릴지도 모른다. 하지만 우리는 그런 소식을 뉴스에서 듣는다, 맞지? 어떤 가여운 여자애가 건장하고 거친 남자들한테 붙잡혀 곤경에 빠졌지만 그 여자애를 보호하려고 손가락 까딱할 용기를 가진 사람은 아무도 없었다는 식의 이야기.

잔뜩 몰려든 구경꾼들이 지껄인다. "어머? 누구야? 왜?"

자기 부모님에게 손도끼를 휘두른 소년에 대한 뉴스를 듣기도

한다. 경찰들이 피투성이가 된 그 녀석을 결국 연행하면, 항상(100
퍼센트!) 아무것도 모르는 이웃 한 사람이 고개를 절레절레 흔들며
"그 애는 정말 멋진 애였어요. 조용한 데다 예의가 발랐지요. 그렇
게 착한 애는 처음 봤는데." 하고 인터뷰하는 모습이 저녁 뉴스에
꼭 나온다.

우리는 대개 다른 사람의 눈은 대부분 속일 수 있을지 모른다.

하지만 나 자신을 속일 수 있을까?

우주를 속일 수 있을까?

그러니까 이제 알겠다. 만약 사람을 죽인다면 그 일 말고는 이제
껏 어떤 행동을 했든 전혀 상관없이 원래 형편없는 사람이 되는 거
다. 단 한 가지 행동이 사람을 영원히 단정 짓는다.

살인자.

그러니까 나도 그렇겠지?

모건이 뛰어내렸나?

아니면 누가 밀었나?

내가 모건을 떠미는 걸 도운 걸까? 모건의 등 뒤에 내 손이 있었
나?

아니면 그저 구경만 한 멍청한 마네킹일 뿐이었나?

(어머? 누구야? 왜?)

나는 누굴까? 나는 무엇일까?

아직도 모르겠다.

"가." 모건이 말했다

모건과 나는 보통 강아지를 산책시키는 길에 만나는 일이 많았다. 일부러 만난 적은 단 한 번도 없었다. 평상시에 나는 맥스를 데리고 나와 집 근처를 한 바퀴 휙 돌았다. 하지만 모건을 보고 싶은 마음이 드는 날엔 오던 길을 되돌아가 맥스의 목줄을 풀어줄 수 있는 근처 중학교로 가곤 했다. 알다시피 강아지 주인들은 자기 강아지가 뭘 좋아하는지 잘 아는데 우리 맥스는 이리저리 마음껏 뛰어다니는 걸 무척 좋아한다.

가끔은 숲 속 지름길인 언덕을 내려가다가 맞은편 저 멀리 집으로 돌아가는 모건을 발견하고 물끄러미 바라보기도 했다. 타이밍이 딱 맞는 경우도 있었다. 항상 우연히 마주쳤을 뿐 약속을 한 적은 없었다. 모건과 나는 딱 거기까지였다. 재미있는 점은 우리보다 강아지들끼리 먼저 친해졌다는 거다. 우리는 강아지 두 마리가 서로 엉덩이에 코를 들이대고 쿵쿵대는 모습을 지켜보며 서 있곤 했는데 내가 개가 아니어서 다행이다 싶었다. 난 고개를 숙여 인사하거나 악수하는 편이 훨씬 나으니까.

강아지들 덕분에 모건과 나는 함께 있었고 할 말도 생겼던 것 같다. 꼭 집어 말하긴 어렵지만 우리는 서로에게 무언가가 되어갔다.(친구였을까?)

나는 모건 옆에 있는 게 좋았다. 좀 이상한 이유이긴 한데, 모건은 내가 처음으로 말문 안 막히고 술술 얘기할 수 있었던 여자애였기 때문이다. 사촌이나 우리 집 근처에 사는 여자애는 제외. 나는 모건의 기분이 오르락내리락하는 데 익숙해져갔다. 모건은 가끔 너무 말이 없었다. 뭐라고 하더라? 시무룩했다. 모건은 마음속에 뭔가를 품고 있었다. 꼭 머릿속에서 너무 많은 시간을 보내는 사람 같았다.(나도 잘 모르겠다. 말이 되는지.) 하지만 결론을 말하자면, 모건은 나한테는 평범한 애였다. 그리고 평소에는 꽤 활발한 편이었다.

텅 빈 공터에 모건과 내가 같이 있었던 어느 날. 12월 초쯤이라 해가 점점 짧아지고 있었다. 나뭇잎이 다 떨어져 나뭇가지는 앙상했고 잔디도 누렇게 변해 황량했다. 공기가 차갑고 눅눅한 게 곧 눈이 내릴 것 같은 날씨였다. 눈이 오기 전에 꼭 미리 알아채는 사람들이 있다. 확실하진 않지만 아마 다른 일도 그렇지 않을까 싶다. 공터 밖을 내다보던 내 눈에 남자애들이 모퉁이를 돌아오는 모습이 보였다. 아는 애들이었다. 공터 한가운데서 공공의 적 제1호와 얘기하며 서 있다는 사실 때문에 나는 마음이 불안해졌다.

"저기, 그만 가봐야…."

나를 쳐다보던 모건의 눈길이 남자애들 쪽으로 향했다가 다시 나한테 돌아왔다. 그러더니 얼굴을 찌푸리며 안절부절못했다.

"가." 모건이 쌀쌀맞게 말했다.

"뭐라고?"

"가라고!"

모건의 목소리는 싸늘했다. 다친 마음이 그대로 전해졌다.

나는 머뭇거렸다.

"네가 곤란해지는 건 싫어." 모건이 말했다.

나는 휘파람을 불어 늙은 맥스를 부르고는 재빨리 공터를 떠났다. 이 세상이건 저 세상이건 아무도 나를 보지 못했으면 하는 마음이었다.

모건이 떠나버린 지금, 내가 가장 후회하는 일이 바로 그거다. 내가 저지른 사소한 행동들, 그리고 하지 않은 행동들.

(언젠가는 멍청이같이 구는 것도 그만둬야만 해.)

바로 나

사물함에서 마분지 카드를 발견하고 나는 심장이 후두둑 떨어지는 줄 알았다. 농담이 아니라 하늘을 날다 총을 맞은 새가 된 것 같은 기분이었다. 탕, 탕, 탕! 그리고 깃털이 이리저리 휘날린다. 수렵 허가 기간이 돌아왔다.

잡았다! 네 차례.

나는 파란색 마분지 카드를 손에 쥐고 쳐다보는 사람이 없나 주위를 휙 둘러봤다. 그러고는 과학 교과서 밑에다 카드를 다시 쓱 집어넣었다.

나는 왕따 게임을 까맣게 잊어버리고 있었다. 아니면 일부러 기억 저편으로 밀어두었던 모양이다. 게임을 한 지가 한 달도 더 지났다. 이제 다시 내가 다음 글을 올릴 차례가 돌아온 거다. 시계는 쉬지 않고 똑딱인다.

이번엔 느낌이 달랐다. 내가 모건과 아는 사이가 되어서였다.

어떻게 하지?

내가 선택할 수 있는 행동을 몇 가지 떠올려봤다. 카드를 못 받은 척하고 그냥 넘어가야겠다. 아무것도 하지 말고 그냥 가만히 있으면 돼. 하지만 곧 통하지 않을 거라는 사실을 깨달았다. 아테나가 나로 정했다. 나를 지켜보고 있겠지.

남의 이목을 끄는 행동은 아예 하고 싶지 않았다. 내가 모건과 알고 지내는 사이라는 사실을 아는 애들은 아무도 없었다. 그건 비밀이었다. 학교 밖에서만 일어나는 일이었으니까. 그리고 나는 계속 그런 식이기를 바랐다. 모건과 나 사이에 다른 애들이 끼어드는 순간 우리의 관계는 완전히 산산조각이 나버릴 거다. 내가 모건 편을 든다면 다른 애들이 내 뒤를 쫓을지도 모른다. 그렇게 되면 뭐 좋을 게 있겠어?

나는 수업이 끝난 후 제프 카스텔라노와 이야기해보기로 했다. 애들 분위기가 어떤지 확인해야 했다. 제프와 나는 몇 년 동안 원정 야구 경기에 두어 번 참가해서 같이 뛰었다. 그리고 친구였다. 진짜로 자주 같이 노는 그런 친구가 아닌 다른 의미의 친구. 제프는 포수였는데 흙바닥에 쪼그리고 앉는 걸 정말로 좋아한다는 이유가 제일 컸다. 그래서 제프는 경기를 한눈에 살필 수 있었다. 제프는 포수답게 보이는 애였다. 땅딸막하고 뚱뚱하면서 다부졌다. 그리고 힘도 좋았다. 내가 살면서 배운 몇 가지가 있다. 키가 작고 몸이 다부진 애들이랑 싸워서 이길 순 없다는 것. 그런 애들은 몸이 고무로 만들어졌는지 다치지도 않는다. 그래서 나는 될 수 있으면 제프를 건드려서 화낼 일이 없도록 했다.

나는 제프하고 정반대였다. 운동화를 신은 말라깽이 강낭콩 아니면 영양실조에 걸린 대나무 같았다. 제프와 내가 나란히 서면 애들은 꼭 숫자 10처럼 보인다고 했다. 생각해보면 꽤 웃긴다.

나는 제프에게도 모건 얘기를 제대로 하지 않았다. 우리가 인터넷에서 저지른 온갖 비열한 행동에 대해 궁금한 점만 물어봤다.

"너, 아무한테도 말 안 하기로 약속하지?"

"그럼. 당연하지. 하지만 넌 오해하고 있어. 모건은 그걸 좋아해." 제프가 어깨를 으쓱하며 대답했다.

"난 모르겠는데."

"누가 모건한테 억지로 계정을 만들라고 한 것도 아니잖아!"

그렇게 말하고 제프가 팔에서 방울뱀 독을 빨아내는 카우보이처럼 급히 밀크셰이크를 쪽쪽 빨아 먹었다. 보고 있자니 제프의 귀가 폭발할지도 모른다는 생각이 들었다.

"계정을 만든 사람들은 아주 많아."

"안 만든 사람도 있잖아. 하지만 핵심은 그게 아니야. 생각해봐. 모건은 언제든지 계정을 없앨 수 있어. 왜 안 없앨까?" 제프가 말했다.

할 말이 없었다.

"아예 글을 안 읽는지도 모르지. 답글을 단 적이 없잖아."

"야, 인마, 정신 차려. 당연히 글을 읽었겠지. 모건이 다른 애들의 관심 받는 걸 좋아하는 거라니까."

나는 그런 식으로 생각해본 적이 전혀 없었다.

"그러니까 제프 네 말은…."

"내 말은 뚱보 못난이가 그걸 좋아한다고!"

그 말을 듣자 기분이 확 상했다. 하지만 따지고 들진 않았다.

"아니야, 그럴 리가 없어."

나는 고개를 저었다.

제프가 남은 밀크셰이크를 단숨에 쭉 들이켰다.

"내 말은 그게 잘했다는 게 아니고 잘못했다는 뜻이야. 모건의 처지에서 생각해봐. 걔는 완전 외톨이잖아. 친구도 없고. 그래서 계정을 만들었을 거야. 아마 이렇게 생각했겠지. '자, 이제 진짜로 다른 애들이 날 어떻게 생각하는지 한번 봐야지' 하고." 제프가 잠깐 멈췄다가 한 마디 덧붙였다. "이제 모건은 다 알겠지만."

"너, 왕따 게임 안 하는 걸 생각해본 적 있어?"

제프와 나는 벤치에 앉아 있었다. 제프가 창문 밖을 흘낏 보나 싶더니 인도를 걷고 있는 예쁜 여자애한테서 눈을 떼지 못했다. 내 말에 대답도 하지 않았다.

"얼른 말해봐."

"멍청한 소리 하네. 너무 나쁜 글 말고 웃기는 이야기나 써. 샘, 너무 걱정 마. 다 웃자고 하는 짓인데. 내 말 맞아, 모건이 진짜 좋아한다니까."

마음속으로는 제프의 말이 거짓말이라는 걸 잘 알고 있었다. 우리끼리 한 거짓말이지만 마음이 좀 놓였다. 모건이 다른 애들의 조롱을 좋아할 리가 없다. 조롱을 좋아하는 사람이 어디 있겠어. 하지만 그날 밤 내가 맡은 일을 하는 동안 그 거짓말을 진짜 믿을 정도로 되뇌고 또 되뇌었다.

나는 글을 쓸 때 누구든지 받아들일 수 있을 정도의 수준만 유지하려고 노력했다.

네가 뚱뚱한 개랑 빗속을 걷는 모습을 봤거든. 누가 누군지 구분이 안 되더라? 멍멍.

(분명 내 진심이 아니었다.)

다음 날 아침 나는 마분지 카드를 아테나의 사물함 틈새로 밀어넣고 곧바로 양호실로 갔다. 양호 선생님이 체온계를 내 입속에 넣더니 끔찍한 배탈 증상이 학교에 돌고 있다고 말했다. 나는 양호 선생님에게 말했다.

"맞아요, 배탈이 났나 봐요."

누군가 웃었다

이 일기장에 일기를 더는 쓸 수 없을 거란 생각이 든다.

안 쓰고 싶다.

끔찍하다.

하지만 스스로 한 약속이다. 모건을 기억하기 위해, 그리고 나의 현재를 위해 결심한 일이다. 세상과의 접속을 완전히 끊고 마치 피 웅덩이에서 피가 새어 나오듯 생각이 쏟아져 나오게 내버려 둬야겠다.

생각을 멈출 수가 없다. 코르크 마개가 하나 있어야겠다. 하지만 그다음은 어떻게 되지?

나는 결국 무너져버리는 걸까?

오늘은 복도에서 누군가 웃는 소리를 들었다. 꼭 모건의 웃음소리 같았다. 나는 소리를 듣자마자 몸을 획 돌렸다. 가슴속에 희망이 가득 차올랐다. 하지만 처음 본 여자애였다. 무슨 일로 웃어댄 걸까.

나는 모든 사람이 싫다.

그중에서도 내가 제일 싫다.

미안해

나는 필요해…
나는 필요해…
나는 필요해…

무언가가.

현재를 위해, 사람들을 위해, 그리고 앞으로 나아가기 위해. 여기서는 전혀 보이질 않아. 전혀, 아무것도.

큰바다쇠오리

오늘 돌런 선생님이 우리에게 펭귄의 시조에 가까운 동물인 큰바다쇠오리에 대해 이야기해주셨다. 날 수 없는 새. 큰바다쇠오리는 1800년대에 멸종되었다.

큰바다쇠오리는 아이슬란드에서 멀리 떨어진 외딴 섬에 살았다. 큰바다쇠오리는 날지 못했다. 그래서 그저 여기저기 어슬렁거리고 새끼를 낳고 살다 죽었다.

그러던 어느 날, 선원들 몇 명이 섬에 도착했다.

수백 년이 지나도록 아무에게도 전혀 방해받지 않고 살아온 큰바다쇠오리들의 삶을 떠올려보라. 큰바다쇠오리들에겐 모든 게 정해진 대로였을 거다. 덩치만 컸지 영리하지 않은 큰바다쇠오리 한 마리가 이렇게 생각했겠지 생각하니 웃긴다.

"오, 근사한데. 친구가 왔잖아. 좋았어!"

글쎄, 아닌데. 전혀 아니라고.

대량 살육의 시작이었다. 당시 거의 굶어죽을 지경이었던 선원들

은 이상하게 생긴 큰바다쇠오리를 발견하고 아마 이렇게 생각했을
거다.

"저 새는 무슨 맛인지 궁금한데?"

그렇게 인간은 섬에 왔고 죽이고 먹고 떠나고 또 와서 또 죽이고
또 먹었다. 그 섬은 최초의 패스트푸드 음식점 같았다. 손쉬운 사
냥감들.

"큰바다쇠오리와 감자튀김 주문하시겠어요?"

큰바다쇠오리들이 이 세상에서 어떤 기회를 가져본 적이 있었을
까?

급수탑

나는 급수탑으로 갔다. 혼자서. 지금은 높은 울타리가 생겼고 그 위로 가시철사를 두르고 출입문도 잠가놓았다. 꼭 꼭대기에 좋은 게 있어서 우리가 안으로 들어가는 걸 막으려고 안간힘 쓰는 요새 같았다. 좀비 드라마 〈워킹 데드〉에 나오는 안전한 장소 같은 곳이랄까. 내 생각엔 어느 쪽이든 꽤 웃긴다. 좀비를 피할 수 있는 곳이 요새라니.

아무튼, 학생 한 명이 스스로 목숨을 버리자 어른들은 '사태를 심각하게 받아들이는 것처럼' 보이려고 바쁘다. 실제로 심각하다고 생각한 게 확실하다. 울타리가 그 증거였다.("우리는 이 일을 절대로 사소하게 생각하지 않습니다. 그렇고말고요!")

울타리를 넘는 데 1분이 채 걸리지 않았다. 손에 조금 상처가 났지만 심하진 않았다. 급수탑 옆쪽에 폭이 좁고 둥그스름한 가로대가 달린 긴 사다리가 하나 놓여 있었다. 나는 두 달 전 모건이 한 것과 똑같이 사다리 가로대를 하나씩 하나씩 밟고 위로 올라갔다.

한 마디 덧붙이자면 꽤 용기를 내야 했다.

용기? 아니면 절박감?

아마 모든 일의 열쇠는 아무도 신경 쓰지 않은 것이었다.

나는 이유를 꼭 밝히려고 애쓰고 있었다. 직접 모건이 되어 느끼고 이해하고 싶었다. 그저 꼭대기로 올라가서 모건이 서 있었던 바로 그 자리에 서봐야 한다는 것만 생각했다.

뭘 기대하는지는 나도 몰랐다. 그곳에 올라가고 싶은 이유조차 알 수 없었다. 올라가고 싶었다는 말 자체도 딱 들어맞는 표현은 아니었다. 나는 '반드시' 모건의 발자취를 따라 모건이 서 있었던 바로 그곳에 서봐야만 했다.

그래서 멈추지 않고 점점 더 높이 올라갔다. 옛날 노래 가사에 이런 게 있지. '네 사랑이' 어쩌고저쩌고, '나를 일으켜 세웠어. 더 높이!'

그리고 너는 잔인하게도, 어쩌고저쩌고, 나를 바닥으로 떨어트렸어.

나는 한참 동안 그곳에 서 있었다. 바로 그곳, 급수탑 꼭대기 가장자리. 등 뒤로 바람이 불어와 몸이 좀 휘청거렸지만 나는 꼼짝도 하지 않았다.

나는 다른 사람들과 다르다.

나는 오랫동안 생각한 후에야 어떤 행동을 할 수 있는 사람이다. 그래서 급수탑 위에 서 있을 수밖에 없었다. 생각하고 눈을 깜빡, 또 생각하고 눈을 깜빡거렸다.

다시 급수탑

어제의 기억을 떨쳐내기가 쉽지 않다.

아무리 애를 써도 어떻게 허공으로 발을 내디뎠는지 상상조차
할 수 없다.

미안해

추워,
여기는.
15분을 보냈어,
나 혼자서.
물끄러미 바라보았지,
텅 빈 하얀 벽,
꼭 텅 빈 일기장 같은….

내가 무슨 이야기를 쓰려고 했는지 잊어버렸다.

한 가지 진실

진실이 뭐냐고?

모건과 나는 열네 번 단둘이 있었다. 정확하다. 내가 직접 셌으니까. 희한하게도 뜻밖의 상황에서 모건을 만났던 순간들이 나도 모르게 떠오른다. 잠을 자려고 어둠 속에서 눈을 감는다. 그러면 마치 램프를 문지르는 알라딘처럼, 주문이라도 건 듯 모건과 함께 있었던 순간으로 되돌아간다. 과학실에서 여러 가지 약품을 섞는 실험을 하다가, 아니면 버스에서 웃기는 팟캐스트를 아무거나 들으며 멍하니 창밖을 내다보다가 갑자기 모건이 눈앞에 떠오를 때면 죽을 것만 같다.

예를 들자면 이런 경우다. 수업이 끝난 후 시리얼 한 그릇을 먹고 있었다. 뇌가 없는 사람처럼 텔레비전을 보면서 입 안으로 시리얼을 마구 퍼 넣었다. 그러다 난데없이 맞은편에 모건이 앉아 있는 모습이 떠올랐다. 허공으로 탁자가 둥둥 떠오른다. 모건과 나는 무릎이 거의 닿을 정도로 가까이 앉아 있다. 무엇 때문에, 왜 그런 상상을 하는지 나도 잘 모르겠는데 어쨌든 내가 두 손으로 모건의 얼굴을 받치면 모건이 내 따듯한 손 안에 얼굴을 푹 파묻으며 기댄다.

우리는 아무 말도 하지 않는다. 글로 쓰기에도 참 이상한 얘기긴 한데, 그러고 있으면 모건이 꼭 고양이처럼 그르렁대는 느낌이 든다. 모건의 마음 깊이 자리 잡은 동굴 속 동물이 내는 소리. 마치 내가 치료사가 되어 모건이 평생 느껴온 상처, 고통, 그리고 배신감을 잠깐이라도 내려놓을 수 있게 해준 것 같다. 마치 종교의식처럼. 나는 내 손바닥을 가득 채운, 그리고 손가락 끝에 닿은 모건의 부드러운 피부 감촉까지 느낄 수 있다. 섬세한 광대뼈는 물론 내 손바닥에 얹힌 모건의 머리 무게까지 말이다. 모건은 두 눈을 감은 채 편히 쉬고 있다. 모건은 평화롭다.

이게 실제로 있었던 일인지 모르겠다. 모건과 내가 단 한 번이라도 그랬던 적이 있나?

아니면 지금 꾸며낸 건가? 어느 쪽이든 상관없다. 내가 아는 건 그게 진짜였다는 거다.

나는 실제로 일어난 일이라고 느낀다.

중요한 건 그것뿐이다.

짐승

　나는 내가 모건을 좋아했다는 걸 미처 알아차리지 못했다. 아니면 모건의 말대로 모건을 좋아하는 둥 마는 둥 했을지도 모른다. 어쨌거나 모건은 괜찮은 애였다. 애들이 모두 따돌릴 정도로 형편없는 애가 결코 아니었다. 도무지 이해가 안 된다. 아테나와 모건 사이에 둘 말고는 아무도 이해할 수 없는 나쁜 일이 있었던 게 분명하다. 무슨 수로 다른 사람의 증오심까지 정확하게 분석할 수 있겠어? 증오심을 모조리 갈기갈기 찢어 문제의 핵심을 파헤치기라도 해야 하는 거야? 둘 사이의 문제를 깊이 생각하는 사람은 아무도 없었다. 우리는 저마다 해내야 할 일이 있었다.

　아테나의 마음속에서 거세게 타오르던 증오심은 수증기처럼 밖으로 뿜어져 나왔다. 며칠 전 우리 엄마가 은행에서 일어난 사건을 이야기하다 이렇게 말씀하시는 걸 들었다.

　"너무 화가 나서 제대로 파악이 안 되더라."

　그 말을 듣자마자 나는 깨달았다. 너무 너무 화가 나서 견딜 수 없는 상태, 그뿐이었다. 아테나가 모건한테 느끼는 기분 말이다. 내 생각엔 아테나가 모건을 전혀 사람 취급 안 한 것 같다. 벌써 여러 달이 흘러 너무 늦어버린 지금에야 진실을 깨닫게 되다니. 아테나는 물론 왕따 게임에 발을 들인 다른 애들도 모건을 물건 취급 했다. 복도를 지나다니고 자리를 떡하니 차지한 채 공기를 같이 들이마시는 사물에 불과했다.

시간이 갈수록 그건 우리에게 당연한 사실이 되어갔다. 우리는 모건을 사람으로 생각하지 못했다. 모건은 그러니까… 짐승이 되었다. 그리고 그때부터 누가 생각해냈는지 기억조차 안 나지만, 모건한테 별명이 붙었다. 우리는 모건을 *짐승*이라고 불렀다. 가끔 *뚱땡이*, 아니면 *못생긴 뚱땡이*라고 부르기도 했다.

터무니없는 곳에 창의력을 발휘한 애들 때문이었다.

모건은 뚱뚱하지도 않았고 심지어 얼굴이 못생기지도 않았다. 그런데도 대부분의 애들은 모건을 '못생긴 애'로 알고 있었다.

(내 절친이 못난이라니!)

걸레라고 부르는 애들도 있었다.

그 말 때문에 덩달아 모건을 미워하는 애들이 생겼던 것 같다.

모건의 언니

오늘 모건의 언니를 만났다. 기분이 이상했다. 나는 다음 수업에 늦었고 텅 빈 복도를 걷고 있었다. 모퉁이를 돌자 사물함에 달린 자물쇠를 돌리고 있는 어떤 여학생이 눈에 들어왔다. 여학생이 나를 쳐다봤고 나는 모건의 언니라는 걸 알아챘다. 하지만 내가 자기를 알아봤다는 사실을 모건 언니가 몰랐으면 싶었다.

그런 거 있잖아.

그러니까 죽은 여자애의 언니니까. 편할 리가 없잖아.

나는 발걸음을 멈추지 않고 복도를 계속 걸었다.

내 생각에 모건 언니는 모건이랑 닮았는데 좀 더 예뻤다. 더 날씬하고 키도 크고 머리 색깔도 더 밝은 금색에 더 활발했다. 누구든지 모건과 자매라는 사실을 알아챌 수 있을 정도였는데 모건 언니에겐 난감한 일일 수밖에 없었을 거다. 왜냐하면, 나한테도 너무 난감한 일이었으니까. 그래서 재빨리 지나쳐 가려고 했는데 모건 언니가 나를 불렀다.

"잠깐만, 좀 도와줄래?"

나는 헉하고 놀랐다.

"내 사물함이 전혀 말을 안 듣네. 비밀번호를 제대로 맞춘 것 같은데 안 열려. 수업도 5분이나 늦었는데."

모건 언니가 당황스러운 표정으로 웃으면서 말했다.

복도엔 모건 언니와 나 달랑 둘뿐이어서 못 들은 척 애들 틈으로 슬쩍 숨어들 수도 없었다. 만일 그 자리에서 증발할 수 있다면 그러고 싶은 심정이었다. 휙 사라지기.

"음, 다이얼끼리 가끔 들러붙어. 그럼 이렇게…."

증발해버리는 대신 나는 대답했다. 그러고는 주먹으로 사물함 오른쪽 윗부분을 탕 쳤다. 꽝! 큰 소리가 온 복도에 요란하게 울려 퍼졌다. 나는 사물함 손잡이를 세게 잡아당겼다. 철커덕! 열린 사물함 문이 내 손 안에서 흔들거렸다.

"대단하다. 고마워." 모건 언니가 말했다.

"천만에. 언제든지 말해."

그때 내 머릿속에는 무척이나 많은 생각이 스쳐 갔다. 어림잡아 열여덟 가지쯤 꼽을 수 있을 정도였다.

"난 샘이야." 나는 바보같이 한 마디 덧붙였다. "샘이야, 내가."

그러고는 쌩하니 자리를 떴다.

궁금한 점

사과는
어떻게 하는 거야?
그리고 진심으로 사과하려면?

아빠의 권총

우리 아빠는 침실 벽장 맨 위쪽 선반에 권총 한 자루를 보관한다. 선반 뒤쪽에 있다. 아빠는 고급 기타 보관함처럼 펠트 천이 덧대어진 나무 상자 안에 총을 넣어둔다. 상자에 자물쇠가 하나 있지만 아빠는 잠근 적이 없다. 내 생각에 아빠는 좀비 무리가 창문을 부수고 집 안으로 쳐들어오면 열쇠를 찾느라 우왕좌왕하고 싶지 않은 것 같다.

두어 해 전 크리스마스 선물을 찾다가 아빠의 권총을 발견했다. 나는 부모님이 혹시 좋은 선물을 숨겨두셨나 싶어 집 안 구석구석을 샅샅이 뒤지곤 한다. 나는 사람들의 비밀 공간을 뒤지는 걸 좋아한다. 크리스마스 선물 찾기는 내 전문이다.

맨 처음 총을 발견했을 때 나는 총이 무척 무서웠다. 지금은 그렇게 무섭진 않다. 솔직히 내가 나한테 총을 쏠 수 있다고는 단 1분도 생각해본 적이 없다. 상상조차 할 수 없는 일이다. 하지만 나는 한번 생각해보기로 했다.

절망에 빠져 희망이라곤 하나도 없는 상태라고 생각해보자. 나는 바닥에 풀썩 주저앉아 벽장에 등을 기대고 내 손에 있는 은색 권총을 뚫어지게 쳐다봤다. 38구경 스페셜 콜트 다이아몬드백 권총. 총은 끔찍하도록 아름답거나, 아니면 아름답도록 끔찍한 물건이다.

시간이 흘러갔다. 얼마가 지났는지 전혀 알 수가 없었다. 총알은 상자 안에 있었다. 만약 내가 원하기만 한다면 너무나 간단한 일이다. 순간적인 충동에 총구를 내 입천장으로 밀어 넣고 방아쇠만 당기면 된다.

탕!

죽음.

미쳤다, 그치?

그렇게 끝나겠지. 모든 게 끝. 나한테 되돌릴 수 있는 기회 따윈 전혀 없다. 전혀… 아, 잠깐, 기다려봐. 모건이 그 사실을 알았을까? 절대 되돌릴 수 없는 일이라는 생각을 하긴 했을까? 모건에겐 이런 생각밖에 없었던 게 아닐까? 어둠 속에 홀로 버려진 기분을 더는 힘들게 견디지 않아도 된다는 사실. 벨소리, 시끄러운 소리, 듣기 싫은 목소리는 물론이고 자기를 괴롭히는 애들의 무서운 표정도 모두 끝이라는 사실. 과거도 없고 미래도 없고 매일 매일 슬퍼하지 않아도 된다는 사실. 내일이 오지 않을 거라는 사실.

나는 아빠의 권총을 상자 안에 넣고 원래 자리에 올려놓았다. 아빠는 내가 권총을 만졌다는 사실을 전혀 모를 거다. 내가 어떤

생각을 했는지도 모르겠지. 모든 자식에겐 비밀이 있다. 부모들은
대부분 그걸 잘 모른다.

지문

이건 좀 어이없고 바보 같은 소리일 수도 있다. 아니면 정말이지 지루하기 짝이 없을 수도 있다.(그래서 짧게 쓸 작정이다.)

나는 10분 동안 손가락 끝만 쳐다봤다. 검은색 매직펜으로 엄지 손가락 끝을 까맣게 칠한 다음 흰 종이 위에 꾹 눌렀다. 종이 위에 내가 찍혀 나왔다. 그게 나다. 등고선처럼 볼록 솟았다 푹 꺼지면서 선이 이어진 모습이 꼭 지형도와 비슷하다. 체육 시간에 헤이콕스 선생님이 지형도를 가르쳐주셨다.

예전에는 체육 시간이 애들이랑 피구, 밧줄 타고 오르기를 하거나 서로 사정없이 두들겨 패며 놀 수 있는 끝내주는 시간이었다. 요즘은 열심히 수업하는 척해야 한다. 마구 돌아다니면서 진땀을 흘리는 것만으로는 부족하다. 지금 우리는 함께 마음을 맞춰 춤을 추고 '신뢰' 게임을 하고 좀 더 뜻 깊은 활동을 해야 한다. 나를 당장 여기서 구해줘! 어쨌든 그래서 나는 체육 시간에 지형도와 백패킹에 대해 배웠고, 손가락 끝을 10분 동안 물끄러미 쳐다보다 지문을 찍어볼까 하는 생각이 들었다.

　FBI는 지문으로 신원을 밝혀낼 수 있다. 우리는 각자 자기만의 고유한 눈송이가 있다. 그 누구도 나보다 더 나다울 수는 없다. 세상에 70억 명이 넘는 사람들이 있다는 사실을 생각하면 더 놀랍다. 내 지문의 굴곡과 선을 보면서도 어떻게 그럴 수가 있는지 궁금해진다. 소말리아 같은 나라에 나랑 똑같은 지문을 가진 애가 있을지도 모르잖아. 선과 문양이 정확히 일치하는 애가 있을 수도 있잖아.

　내가 지문에 대해 얼마나 깊이 생각해봤는지 조금 걱정이 된다. 내가 갔던 모든 장소는 물론 내가 만진 물건들과 사람들에게 내가 남긴 흔적들.

목욕을 좋아했던 모건

　모건은 내가 만난 사람들 가운데 가장 종잡을 수 없는 애였다. 모건이 무슨 말을 할 때마다 나는 깜짝 놀랐다. 모건의 마음은 먹이를 찾아 이리저리 헤매는 굶주린 동물 같다는 느낌이 들었다.

　"너, 목욕 자주 하니?" 모건이 물었다.

　"잘 안 해."

　"뜨거운 물에 몸을 푹 담그면 뭐든 다 고칠 수 있대."

　우리는 학교 운동장 옆 공동묘지에 함께 있었다. 좀 으스스하게 들릴 수도 있는데 그렇지 않다. 공동묘지는 정말 예쁘고 평화로운 곳이다. 특히 그날은 모건과 나뿐이라는 점에서 최고였다.

　모건이 눈을 감고 팔을 쭉 뻗었다.

　"〈벨 자〉라는 소설에서 배웠어. 그 책에서 주인공이 목욕을 정말 많이 하거든."

　나는 모건이 무슨 이야기를 하는지 알아들을 수가 없었다. 그랜드 캐니언을 묵묵히 바라보는 한 마리 고라니가 된 느낌이었다. 모건의 이야기는 감탄이 나올 정도로 대단했지만 무슨 말인지 알아들을 수 없었다. 모건의 말은 내 머릿속에 단 하나도 들어오지 않았다. 모건의 이야기는 모두 모래알이 되어 스륵 빠져나가버렸다.

모건은 뜨끈뜨끈한 물속에 몸을 담그면 얼마나 마음이 편해지는가에 대해 계속 이야기했다. 그럴 때면 거울에 김이 잔뜩 서려서 자기 몸을 보고 싶어도 볼 수가 없다고 했다.

"난 하루에 두세 번씩 목욕할 때도 있어. 하지만 물은 늘 차갑게 식어버려. 그럼 내가 꼭 영안실에 누운 시체 같다니까."

"뭐라고?"

"식은 팬케이크라고!"

모건이 밝은 목소리로 대답하더니 갑자기 팔을 쭉 펴고 우아하게 빙빙 돌았다. 마치 세찬 바람에 휘날리는 눈송이 같았다.

나는 모건의 말을 단 한 마디도 알아듣지 못한 채 가만히 서서 자석에 끌려가듯 모건에게서 눈을 떼지 못했다.

영안실에 누운 시체라고?

"식은 팬케이크보다 더 슬픈 게 또 있겠냐."

마침내 내가 입을 열자, 빙글빙글 돌던 모건이 제자리에 서더니 어지러운지 조금 비틀거리면서 나를 빤히 쳐다봤다.

"맞아! 정말 최악이야. 우리, 나무 위로 올라가자."

그러고는 큰 소나무를 향해 신나게 달려갔다.

나는 모건을 따라 달렸다. 내가 달리 뭘 할 수 있었을까? 방금 말한 대로 나는 금속, 모건은 자석이었으니까.

레인웨이 선생님을 찾아가다

나는 복도를 지나다니며 궁금한 마음에 레인웨이 선생님의 상담실을 여러 번 쳐다봤다. 한 번은 문이 열려 있어서 책상에 앉은 레인웨이 선생님의 모습이 보였다. 나는 상담실 안으로 한 발만 들여놓은 채 몸을 약간 숙이고 말을 걸었다.

"그러니까 여기가 마법이 일어나는 곳이네요. 맞나요?"

레인웨이 선생님이 보고 있던 책을 잠자코 덮더니 콧수염을 쓱 쓰다듬었다.

"샘이구나. 안녕!"

비좁은 레인웨이 선생님의 상담실은 책과 상자, 종이 더미, 잡지에서 찢어낸 기사와 사진을 핀으로 빽빽이 꽂아놓은 게시판 등이 꽉 들어차 있었다.

"선생님은 수집광이신가 봐요."

내가 실없는 소리를 하자, 레인웨이 선생님이 두 손을 머리 뒤에 대고 의자 깊숙이 몸을 젖히더니 마치 처음 본다는 듯 상담실 안을 둘러봤다.

"사람들은 보통 '왜 이런 물건들을 다 보관하세요?' 하고 묻지. 그럼 난 '왜 물건을 모조리 버리는지' 궁금해진단다."

"그렇게 생각할 수도 있겠네요."

레인웨이 선생님은 아무 말 없이 나를 쳐다보면서 내가 다시 입을 열 때까지 기다려주었다.

"음, 그냥 인사하려고 들렀어요."

나는 상담실 밖으로 한 발짝 몸을 뺐다.

"시간 있니?"

"음악 수업이 있어요."

"내가 외출증을 써줄 수 있어. 네가 원한다면 앉거라."

레인웨이 선생님이 제안했고, 그래서 나는 앉았다.

"별일 없었어?"

나는 허벅지 위에 올려놓은 내 손을 내려다봤다.

"선생님 말씀대로 일기를 다시 쓰기 시작했어요."

"반가운 얘기구나. 잘 되니?"

"계속 쓰려고 노력하고 있어요. 매일 조금이라도 쓰려고요."

다시 침묵이 흘렀다. 아마 레인웨이 선생님이 중요한 이야기를 생각해내지 못해서일지도 모른다. 아니면 원래 침묵이 전혀 불편하지 않은 사람인지도.

"일기 쓰니까 도움이 되니?" 마침내 선생님이 입을 열었다.

"도움요? 그러니까 혹시 그 일에….'

"모건 일 말이다."

상담실에는 창문이 하나도 없었다. 나는 정말로 그 순간 창문이 절실히 필요했다. 갑자기 산소가 부족한 느낌이 들었고 벽이 너무 가까워서 답답했다.

"저는 가끔 그 일이 제 잘못이란 생각이 들어요."

내가 말해놓고도 믿을 수가 없었다. 단 한 번도 그런 말을 누구한테 하리라곤 생각조차 해본 적이 없으니 말이다.

선생님이 허리를 조금 세우고 바로 앉았다.

"그렇게 생각하는 이유라도 있니?"

"이유요? 단 한 가지 이유 말씀하시는 거예요? 아뇨."

나는 한참을 더 이야기했다. 마분지 카드에 대해서는 있는 그대로 말하지 않았다. 그렇지만 선생님이 충분히 알아챌 수 있을 만큼 이야기했다. 대부분 나와 모건에 관해 이야기했다. 내가 모건과 함께 지낸 시간, 그리고 내가 학교에서 모건을 어떻게 외면했는지에 대해. 모든 걸 다 말할 수는 없었다. 하지만 손가락을 베이면 피가 흘러나오듯이 온갖 이야기가 마구 쏟아져 나왔다.

"그러면 이 모든 상황에 어떤 느낌이 드니?"

(진심을 묻는 건가?)

"아주 형편없죠."

"그렇겠구나. 그래, 샘. 알겠다. 하나만 물어보자. 이 일이 모건의 소셜미디어 페이지와 관련이 있니?"

(선생님이 아시는 거야? 알고 있어!)

나는 선생님의 진지하고 정직한 얼굴에서 눈길을 돌렸다. 고개를 끄덕이며 인정하는 수밖에 달리 방법이 없었다.

"조금요."

"알겠다."

또다시 침묵이 흘렀는데 이번엔 좀 기분이 나빴다. 무겁고 심각한 데다 슬픈 기운마저 감돌았다.

나는 바닥 타일 무늬만 뚫어져라 내려다봤다.

"너도 참여한 거니?"

"저도 글을 몇 개 썼어요. 그러곤 곧 그만뒀지만요."

"누구한테 이 얘기 한 적 있니?"

나는 힘없이 어깨를 으쓱했다.

"그 일을 감당하고 살려면 몹시 힘이 들 거야."

처음엔 선생님이 모건 얘기를 하는 줄 알았다. 당연한 말이니까. 그러다 선생님이 내 얘기를 하고 있다는 사실을 깨달았다. 내가 그 일을 감당하고 살아야 할 사람이었다.

선생님이 내 쪽으로 화장지 상자를 밀었다. 나는 얼굴을 찌푸리며 옷소매로 눈물을 닦았다. 선생님이 일어나서 물 한 컵을 들고 왔다.

"고맙습니다."

나는 인사를 하고 물을 마셨다.

"이런 때는 말이야…"

선생님이 책상 앞으로 몸을 숙여 나한테 바짝 다가오더니 작은 목소리로 말했다.

"이런 때일수록…"

그러더니 적당한 말을 떠올리는 건지, 한숨을 내쉬었다.

"올바르고 의젓한 사람이라면 자기 내면을 들여다보고 자기가 원하는 게 뭔지 찾아내려고 하지. 정말 궁금한 일이니까."

선생님의 이야기를 모두 이해할 수는 없었지만 그 말을 들으니 기분이 훨씬 좋아졌다.

"우린 스스로 질문하지. 내가 어떻게 해야 했을까? 우리가 느끼는 건…"

"외면했다는 느낌이 들어요."

"그래, 외면했다는 느낌. 하지만 당연한 거야. 네가 남을 배려하는 마음을 가진 아이라는 뜻이거든."

"모르겠어요. 아닐걸요." 나는 고개를 저었다. "진짜 모르겠어요."

"난 그렇게 생각해." 선생님이 말을 이었다. "누군가 스스로 삶을 버린다는 건 정말 끔찍하고 지독하고 가슴이 찢어지도록 슬픈 일이지. 우리가 그 이유를 모두 이해할 수는 없단다."

나는 코를 훌쩍이며 고개를 끄덕였다.

"그 사람이 머릿속으로 무슨 생각을 하는지, 그 사람이 어떤 상황에 처해 있는지 알 수가 없어. 누가 왜 모건 같은 일을 저지르는지 원인도 정확히 알 수 없고. 우울증은 굉장히 심각한 질병이거든. 자기가 우울증에 걸린 것도 모르고 사는 경우가 많아."

나는 선생님의 얼굴을 물끄러미 들여다봤다.

"저희 부모님은 저한테 그냥 잊고 살라고만 하세요. 하지만 잊을 수 있는 방법을 가르쳐주신 적은 없어요."

모조리 사라지다

모건과 나는 서로를 만져본 적이 없다.
키스한 적도 없다.

나는 모건을 안아보지도 않았다.
손을 잡지도 않았다.

하지만 우리는 문자를 주고받았다.

모건이 죽은 그날,
나는 소식을 듣고, 지웠다.

내 휴대폰 속 문자를 모조리
흔적 없이 싹 지웠다.

그날로 다시 돌아갈 수 있다면 좋겠다.

그럼, 기억할 수 있었을 텐데.

잊지 않고.

변함없이 반복되는 일상

"너, 〈사랑의 블랙홀〉이란 영화 봤어?" 모건이 물었다.

"음, 잘 모르겠는데."

"너도 꼭 봐." 모건이 주먹으로 내 어깨를 톡톡 치며 말을 이었다. "빌 머리라는 배우가 일기예보관 역을 맡았는데 타임루프(주로 공상과학영화에서 주인공이 동일한 기간을 계속 반복해서 사는 것을 말한다:옮긴이)에 갇혀 하루가 변함없이 계속 반복되는 이야기야."

"아, 알겠다. 나도 본 것 같아."

"내 생활이 꼭 그렇다니까." 모건이 말을 이었다. "푹 잘 자고 나면 기분이 나아지겠지 하면서 잠자리에 들어. 하지만 매일매일 똑같아. 변하는 건 단 하나도 없어. 전혀 나아질 기미도 안 보이고."

"뭔가 새로운 일을 해보는 게 좋을 것 같아."

모건이 여느 때처럼 사려 깊은 눈빛으로 나를 쳐다봤다.

"그러니까… 뭐 완전 끝내주는 거 말이야?"

"그래." 나는 어깨를 으쓱하곤 말을 이었다. "열기구를 타러 가거나 악기를 배워봐. 아니면 그림 수업을 듣거나 YMCA에 가입하는 것도 괜찮겠다. 스카이다이빙 같은 건 어때?"

"스카이다이빙 좋겠다!"

"잘은 몰라도 엄청 비쌀걸. 그런데 그 영화에서 주인공이 어떻게 타임루프를 빠져나왔어?"

모건이 고개를 갸웃거리더니 웃음을 지었다.

"기억이 안 나. 웃긴다. 주인공이 어떻게 타임루프를 빠져나왔는지 전혀 모르겠어."

가야 해

어느 날 오후의 일이 떠오른다. 골치 아픈 일이 싹 사라져버릴 것 같은, 마치 엽서의 한 장면처럼 완벽하게 아름다운 오후였다. 모건과 나는 공동묘지에서 느긋하게 시간을 보내고 있었다. 모건이 시간을 확인했다.

"아, 이런, 아우 짱나!"

모건이 깜짝 놀라 소리 지르더니 안절부절못하며 허둥댔다.

"나, 가야 해. 간다!"

"응? 왜 그래?"

"가야 해. 늦었어!"

나는 달달 떨리는 모건의 손과 헝클어진 머리, 그리고 왕방울만 해진 두 눈을 쳐다봤다. 그리고….

(모건은 울고 있었다.)

갑자기 모건이 왜 그렇게 초조해하는지 나는 이해가 안 됐다.

"왜 그러는데?"

모건이 휴대전화와 가방, 그리고 담배를 재빨리 챙겼다.(모건이 엄마 담배를 훔쳐 막 담배를 피우기 시작했을 때였다.)

"오늘이 수요일이잖아. 수요일마다 다섯 시에 아빠가 차로 데리러 와서 저녁 먹으러 가거든. 시간 안 지키면 아주 난리가 나."

나는 휴대폰으로 시간을 확인했다.

"아직 다섯 시 아니잖아."

"이 바보야, 우리 집까지 가는 시간이 있잖아!"

(그래도 나는 곧 모건을 용서했다. 모건이 정말로 다급해 보였기 때문이다. 누가 그렇게까지 허둥지둥하는 모습을 보는 건 생전 처음이었다. 뭐 어때서? 겨우 몇 분 늦은 건데? 모건은 잔뜩 화가 난 호박벌처럼 부지런히 손을 놀려 옷매무새를 가다듬었다.)

"내가 무슨 수로 시간을 되돌리겠어, 안 그래? 집까지 냅다 뛰는 수밖에. 그래도 아빠는 한바탕 뒤집어질 거야. 난 이제 죽었다."

모건이 흥분한 채 식식대며 말했다.

"잠깐만, 뭐라고?"

내가 소리쳤지만 전혀 소용없었다.

모건은 이미 저만치 달려간 뒤였고 나는 눈만 껌벅거리며 앉아 있었다.

무용 수업을 그만둔 모건

우리는 가끔 문자를 주고받았다.

모건 : 나 무용 수업 그만뒀어

나 : 왜? 너 무용 수업 진짜 좋아하잖아

모건 : 상관없어

나 : 그래도 진짜진짜 좋아하잖아

모건 : 무용 수업이 날 안 좋아하나 보다

나 : ㅇㅋㄷㅋ

모건 : 해방된 기분이야 행복해

나 : 행복하면 된 거야 내 생각엔

모건 : 그래 기분 좋아

이야기를 꺼내보려 했지만

　모건과 그 일에 대해 말해보려고 한 적이 있었다. 그러니까 모건을 참수라도 하듯 매달아놓은 장본인인 온라인 괴물들 말이다.

　나는 그런 일은 절대로 다시 저질러선 안 된다는 사실을 배웠다.

　그건 내겐 애당초 쉽지 않은 일이었다. 나는, 음 뭐랄까, 실제로 존재하는 것에 대해 말하는 데 소질이 없기 때문이다. 그래서 대체로 그런 이야기는 사양한다. 내가 알고 있는 이야기를 모건이 알게 되는 것도 원치 않았다. 모건의 소셜미디어 페이지에 올라온 끔찍한 글 가운데 내가 쓴 글이 있다는 사실도 물론. 그래서 나는 최대한 빙빙 돌려 이야기를 꺼냈다.

　모건과 나는 둘만 아는 새로운 장소에 있었다. 모건이 다녔던 초등학교 뒤에 있는 놀이터였다. 그곳은 꽤 멋진 데다 우리 둘 말고는 아무도 없었다. 우리는 노련한 뱃사람들처럼 멋진 해적선 안에 앉아 있었다.

　"이가 자꾸 튀어나와서 너무 싫어." 모건이 투덜거렸다.

"전혀 모르겠는데."

"한 살이라도 어릴 때 빨리 교정해야 하는데, 우리 부모님은…."

"괜찮은데. 아무도 신경 안 써."

"좀 더 크면 꼭 성형 수술을 할 거야."

"뭐라고? 가짜 가슴 두 짝을 사겠다는 말이야?"

"그럴 수도 있겠지. 아니면 코나 턱 수술을 할지도 모르고. 난 입술도 너무 얇아. 꼭 닭 부리 같다니까."

모건이 깔깔댔다.

"가짜 입술을 사서 붙일 거니?"

"보톡스 있잖아. 내 얼굴 좀 봐. 왼쪽 눈은 사시에다 코는 뭉툭해. 게다가 입술은 전형적인 백인 입술이잖아."

"넌 전형적인 백인이니까. 안 하는 게 좋아. 지금 네 모습 그대로도 괜찮아."

('아름다워'라고 말해주었어야 한다는 걸 잘 안다. 하지만 솔직해야지! 게다가 모건이 내 말을 오해하게 하고 싶지 않았다.)

"괜찮다고? 그게 다야?"

"넌 너처럼 보여. 모건이라고."

"그게 문제야. 난 나처럼 보이고 싶지 않거든."

"갑자기 왜 외모 갖고 난리야? 성형 수술이라니 징그러워 죽겠다."

"내 생각은 안 그래. 외모를 멋지게 바꿀 수 있는데 돈만 많다면 안 할 이유가 없잖아?"

"하지만 잔뜩 뜯어고친 할리우드 배우들은 다 가짜야. 진짜 이상해. 잘 웃지도 못하던데."

모건이 일어나 몸을 쭉 폈다. 그러더니 미끄럼틀로 올라가 눈 깜짝할 새에 타고 내려왔다.

나도 모건을 따라 미끄럼틀을 탔다. 우리는 몇 분 더 그네를 타다가 용수철이 달린 목마도 탔다. 그리고 나서 단풍나무 그늘에 놓인 벤치로 자리를 옮겼다.

모건이 휴대폰을 들여다봤다. 그 모습에 확 짜증이 났다.

"모건 너, 정말! 휴대폰 또 들여다볼 거야?"

"응, 그래. 휴대폰 또 들여다볼 거야!"

"가끔 전원을 꺼두는 게 어때?"

"아유, 엄마, 제발요. 너, 오늘 나 가르치려고 만난 거니? 전원을 끄라고? 그건 병원에서 나이 든 노인들 죽일 때나 쓰는 방법이잖아."

"진심이야, 모건. 내가 바로 네 옆에 앉아 있잖아. 그런데 인터넷에 올라온 글을 꼭 읽어야 해?"

모건은 음주운전으로 체포된 디즈니 소속 연예인 이야기가 올라오는 계정 몇 개를 등록해뒀다고 했다. 인터넷 곳곳에 당혹스러운 사진이 어마어마하게 올라온다고 했다. 트위터에서는 누구 할 것 없이 그 연예인을 거세게 비난하고 있었다. 인터넷을 떠날 줄 모르는 사람들. 모건은 트위터에 올라온 글 몇 가지를 큰 소리로 읽어주었다. 처음엔 맞는 말도 있었지만 점점 더 무례해지더니 결국은 상스러운 이야기뿐이었다.

"그 연예인이 트위터에 올라온 글을 안 읽었으면 좋겠다."

"무슨 뜻이야?"

"만일 나에 대한 글이 그런 식으로 올라오면 난 안 읽고 싶을 것 같아."

(내가 인터넷에서 어떤 짓을 하고 있었는지 알겠지?)

"이것 봐, 샘. 그 여자는 아기가 탄 유모차를 차로 칠 뻔했어. 그리고 체포하러 출동한 경찰을 물어뜯었어. 그 경찰은 파상풍 주사까지 맞았대. 그러니까 그 여자는 자업자득이야."

"그래, 그래도…."

(이야기가 내가 원하는 대로 흘러가지 않고 있었다.)

"괴물들이나 그렇게 끔찍한 글을 쓰지. 우리 학교 애들만 해도 그래. 사람들한테 끔찍한 말만 퍼붓는 애들 있잖아."

나는 다시 한 번 슬그머니 이야기를 꺼냈다.

모건이 고개를 돌려 나를 빤히 쳐다봤다. 내 말이 무슨 뜻인지 생각하는 눈치였다.

"너, 무슨 말 하는 거니? 이건 우리 학교 애들이랑은 전혀 상관없는 일이잖아."

"아무것도 아니야. 나도 모르겠다."

"내가 만약 대단한 유명 인사고 사람들이 내 얘기를 떠들어대고 있다면 뭔지 알고 싶을 것 같아. 모래 속에 고개를 파묻고 있는 건 전혀 도움이 안 돼."

"내 생각은 달라. 그런 어처구니없는 글을 읽으면 네 자존감이 떨어진다구."

내 목소리가 절로 높아졌다.

"잠깐만, 샘. 너 지금 내 얘기 하는 거야?"

모건이 나를 빤히 쳐다보며 물었다.

"아니, 아니야. 내 말은 그냥 누구든 다 그럴 수 있다는 뜻이야."

"재밌긴 하네. 아무도 그런 말을 진지하게 받아들이진 않겠지만."

나는 입을 다물고 그냥 앉아만 있었다. 기분이 우울했다.

우리는 잠시 침묵을 지켰다.

모건이 일어서더니 휴대폰을 꾹꾹 누르며 화면을 들여다보기 시작했다. 나는 모건의 휴대폰을 벽돌담에 쾅 내던져버리고 싶은 충동을 억눌렀다.

마침내 모건이 입을 뗐다.

"야, 샘. 네가 보기에도 내 머리카락이 너무 가는 것 같니?"

무언가

데이트는 아니었지만 분명 '무언가'가 있었던 것 같다.

모건과 나만 아는 비밀스러운 무언가.

우리는 함께 영화를 보러 가기로 했다. 여자애와 남자애의 만남, 그건 맞다. 하지만 데이트는 아니었다.

어쩌다 그런 이야기가 나온 건지 확실히 기억나지는 않는다. 아, 맞다. 어느 날 오후 우리는 통나무 옆에 있었다.(모건과 나는 초등학교 뒤편 숲 속에서 앉아 있기 딱 좋은 장소를 발견하고 거기에 '통나무'라는 기발한 이름을 붙였다.) 모건은 그날따라 굉장히 명랑했고 우리 둘이서 함께 하고 싶은 일에 대해 늘어놓기 시작했다. 그러니까 정말, 진심으로 나랑 함께 하고 싶은 일 말이다.

"나, 너랑 극장에 가고 싶어. 간식거리를 잔뜩 숨겨 갖고 들어가는 거야. 재밌겠지? 샌드위치랑 사탕, 감자튀김에 음료수도. 무슨 잔치 같겠는데." 모건이 말했다.

"그 많은 걸 어떻게 숨겨 갖고 들어갈 건데?"

"이봐, 친구. 긴 샌드위치는 네 바지 속에다 넣고 들어가야지. 내 바지 속에 넣는 꼴을 봐야 속이 시원하겠어?"

(하하하. 모건이 웃었다. "좋았어!")

"우리 꼭 영화 보러 가자." 모건이 졸랐다.

"그러든지."

나는 덮어놓고 대답부터 해버렸다.

"좋았어, 우리…"

모건이 날짜를 확인했다.

음…

"이번 주 토요일. 조조 영화를 보자."

나는 "좋아"라고 대답했고 그제야 내 입이 한 일을 파악한 뇌가 소리를 질렀다. *너 지금 무슨 짓을 하는 거야?*

너무 늦었다.

분명히 얘기하지만 데이트는 아니었다.

하지만 그래도 여전히! 무언가가 있었다. 그 생각을 하자 느낌이 달라졌다.

영화를 골라 보는 게 아니었다. 우리가 볼 영화에 모건이 신경을 덜 썼더라면 좋았을 텐데. 모건은 조건을 내세웠다. 자전거를 타고 한참 가야 하는 엘름 거리의 극장에서 〈더 헌팅〉, 〈컨저링〉, 〈옥수수밭의 아이들〉, 아니면 〈파라노말 액티비티〉 같은 공포영화를 보자고 했다. 부모님께 차 태워달라고 부탁했다가 쓸데없는 질문 공세에 시달리느니 우리끼리 가장 쉽게 갈 수 있는 곳이었다.

하지만 한편으로는 이런 생각도 했다. 우리 둘만 있을 수 있겠구나 하는 생각. 아무도 우리를 쳐다보지 않고 알아볼 사람도 없는 곳. 우리 둘만 있을 수 있다. 몇 시간 동안만이라도 이 사악한 세계를 싹 잊는 거야.

나는 걱정스러워졌다.

"걱정 마. 아침 열 시 반에 영화 보러 가는 사람은 없어."

내 속을 꿰뚫어보기라도 한 듯 모건이 말했다.

모건의 말은 맞았다. 그리고 틀렸다.

극장에는 아무도 없었다.

하지만 내가 좀 더 신경을 써야만 했다. 돌이켜보면 그 순간은 모건과 내가 함께 보낸 가장 행복하고 순수한 시간이었다. 그리고 종말의 시작이기도 했다. 이틀이 채 지나기도 전에 모건이 나를 싫어하게 됐으니까.

(아직 그 얘기까지 할 마음의 준비는 되지 않았다.)

우리는 자전거를 타고 먼저 마르코 식품점에 들렀다. 다시 말하지만 하나부터 열까지 모두 모건이 세운 계획이었다. 모건이 주동자였고 현금도 넉넉히 챙겨 왔다.

"내가 살게." 모건이 말했다.

"아니, 아니, 안 돼."

"돼, 돼, 된다고. 생일이라 용돈을 두둑히 받았거든. 내가 살게."

나는 아리송한 표정으로 모건을 쳐다봤다.

"정말이야."

모건이 계속 고집을 부렸다.

나는 칠면조 고기와 베이컨이 든 샌드위치를 주문했다. 왜냐하면 베이컨이니까! 모건은 진열대 사이사이를 요리조리 돌아다니며 지렁이 모양 젤리, 초콜릿, 탄산음료, 감자 칩 같은 불량 식품을 손에 잡히는 대로 휩쓸어 왔다.

"챔피언이나 먹을 법한 아침 식사잖아!"

"나도 알아!"

나는 진열대에서 코코넛과 아몬드가 든 초콜릿 바 하나를 집어 들었다.

"몹쓸 코코넛." 모건이 인상을 찌푸리며 말했다.

"맞아. 내가 무슨 생각으로 이걸 집었지?"

나는 초콜릿 바를 제자리에 놓았다.

모건이 큼지막한 천 가방 안에 산 물건을 모조리 집어넣고 울룩불룩한 가방을 목에 걸었다.

"정말 안 들킬까?"

"극장 직원들이 여학생 가방 안까지 검사하진 않아. 나만 믿어."

나는 정말 모건을 믿었다. 우리는 기분 좋게 극장으로 향했다.

극장은 텅 빈 것처럼 한산했다. 모건의 말이 또 맞았다. 우리는 맨 뒷줄 왼쪽 구석 자리에 나란히 앉았다.

뒤늦게 몇 사람이 더 들어왔다. 빗질도 안 한 머리에 거대한 팝콘 통을 든 외로워 보이는 사람들이었다. 아는 사람은 아무도 없었다. 예고편이 끝나자 우리는 잔치를 벌일 준비를 했다. 시작! 우리는 원탁의 기사단처럼 음식을 먹어 치웠다. 모건은 한 장면 한 장면 나올 때마다 우스갯소리를 늘어놓으면서 영화 보는 내내 소곤거렸다.

"거기 들어가면 안 돼! 저 여자 바보지? 여주인공이 일을 다 망치네. 나라면 저렇게 큰 칼을 조리대 위에 안 놓아둘 건데. 좋은 생각이 아니라구, 예쁜 입술 아가씨."

모건의 수다는 끝이 없었다.

그렇다고 우리가 공중도덕을 어긴 건 아니었다. 모건은 사람이 꽉 들어찬 승강기나 도서관에서 하듯이 조용히 말했고 그래서 나는 모건 쪽으로 몸을 숙여야만 겨우 들을 수 있었다. 길게 늘어트린 모건의 머리카락이 내 뺨을 간지럽혔고 따뜻한 숨결에서 풍기는 박하 향도 맡을 수 있었다.(둘이서 박하 맛 초콜릿 한 통을 모조리 입속으로 털어넣은 직후였다.)

재미있었고 행복했다. 모건 역시 행복해했다.

"여기 꼭 우리 둘만의 비밀 세상 같다, 그치?"

"그러네." 모건이 대답했다.

"우리가 친구라는 사실을 아무도 모르잖아. 꼭 우리 둘만 풍선 안에 있는 기분이야. 우리의 이루어질 수 없는 우정이 있는 곳. 아무도 알아선 안 돼."

모건은 아무 말도 하지 않았다. 모건은 가끔 그럴 때가 있었다. 라디오 주파수를 잘못 맞추면 소리가 아예 안 나는 것처럼 꽤 한참 동안 가만히 있곤 했다.

잠시 후, 모건의 가방 속에서 쨍그랑하고 유리가 부딪치는 소리가 났다. 모건이 비행기에서 주는 것같이 생긴 작은 럼주 두 병을 꺼냈다. 나는 깜짝 놀랐다.

"네 음료수 컵 줘봐." 모건이 말했다.

"무슨 짓이야?"

모건이 콜라가 담긴 종이컵에 럼주 두 병을 모조리 쏟아 부은 뒤 새끼손가락으로 휘저었다. 그러고는 한 모금 길게 들이켜더니 또 한 모금 마셨다.

"여기."

모건이 종이컵을 내밀었다.

나도 한 모금 마셨다. 토할 것 같은 맛이었다. 하지만 자연스럽게 괜찮은 척했다.

"맛 좋네."

나는 메스꺼운 느낌을 꾹 참으면서 모건한테 컵을 건넸다.

모건이 빈 병 뚜껑을 닫고 가방 안에 다시 넣었다.

"나한테 다 방법이 있지. 부모님 술을 훔치려면 이 유리병을 다시 써야 하거든."

"너희 부모님이 찾지 않으실까?"

모건이 고개를 저으며 말했다.

"술병을 물로 다시 채워놓으면 부모님은 전혀 모르셔. 게다가 우리 아빠는 술을 드시지도 않거든. 끊으셨어. 건배!"

모건이 어깨를 으쓱하더니 벌컥벌컥 들이켰다.

나중에 모건은 작은 럼주 두 병을 더 꺼내 새 컵에 부었다. 나는 더 마시지 않았다. 솔직히 말하면 좀 겁이 났다. 모건이 술을 마실 거라고는 생각지도 못했다.

"자기야."

그러면서 모건이 나를 놀려댔다. 영화를 보는 동안 모건의 목소리가 점점 더 커졌다. 더 자주 깔깔대며 웃었다. 숨 쉴 때마다 나던 상큼한 박하 향은 사라지고 좀 시큼한 냄새가 풍겨 왔다.

컴컴한 극장 안에 있다가 환한 밖으로 나올 때 무슨 느낌인지 알아? 낮에 영화를 보고 나서만 알 수 있는 일이다. 극장 밖에 영화표를 사려는 사람들이 한 줄로 서서 기다리고 있었다. 갑자기 햇빛이 비치자 눈이 잘 보이지 않았고, 나는 눈앞에 어린 보라색 점을 없애려고 눈을 깜빡거렸다. 나를 빤히 쳐다보고 있는 제프 카스텔라노를 알아본 것은 눈이 밝은 빛에 적응한 뒤였다. 그때 제프의 얼굴에 떠오른 표정을 나는 절대로 잊지 못할 거다. 놀라움과 서운함, 거기에 불쾌함까지 한데 섞인 표정이었다. 제프는 개빈과 디마커스랑 함께 줄을 서 있었다.

마치 우물에 빠진 느낌이었다. 나는 깊고 캄캄한 어둠 속에 혼자 있었다.

나는 고개를 푹 숙이고 급히 극장 모퉁이를 돌아갔다.

"야, 잠깐만. 자전거는 저쪽에 있잖아, 바보야."

모건이 나를 불렀지만, 나는 땅만 보며 머리카락에 불이라도 붙은 애처럼 서둘러 걸었다.

속으로 같은 말을 반복하며 나 자신을 호되게 꾸짖었다. 이런 실수를 하다니, 이렇게 어리석은 실수를 하다니!

아무것도

나는 그 애들이 극장 안으로 들어갔다는 확신이 들 때까지 자전거를 가지러 가지 않고 버텼다. 모건은 무슨 일인지 전혀 몰랐다.

"왜 그래?" 모건이 물었다.

나는 휴대폰을 꺼내 빤히 쳐다봤다. 제프가 문자 한 통을 보냈다. **젠장, 너 뭐냐?**

"아무것도 아니야. 좀 가만히 있어봐, 알겠니? 너무 무리한 부탁은 아니지?"

"그래."

모건이 입을 다물고는 벽에 등을 기댄 채 팔짱을 꼈다. 그때 이미 모건과 나 사이에 생긴 거리감을 느낄 수 있었다. 모건은 나한테서 겨우 1.5미터 떨어져 있었을 뿐인데도 단단한 벽이 우리 사이를 가로막고 있기라도 한 것 같았다.

(상황이 순식간에 엉망이 될 수도 있다.)

불편한 마음으로 아무 말 없이 자전거를 타고 집으로 돌아오는 길에 모건이 물었다.

"아까 우리 둘이 풍선 안에 있는 것 같다고 한 말, 무슨 뜻이야?"

모건의 목소리에서 전해진 알 수 없는 느낌에 신경이 곤두섰다.

"나도 몰라."

"모른다고? 네가 말하고 네가 모른다는 게 말이 돼?"

나는 모건을 흘낏 쳐다봤다. 잔뜩 화가 난 모습이었다.

"행복했다는 뜻이야, 그게 다야. 나도 잘 모르겠지만 우리 둘 말고는 아무도 없는 것 같은 느낌이 들었어."

"그리고 우리의, 음, 정확히 뭐라고 했더라? 생각이 잘 안 나네. 아, 맞다. '이루어질 수 없는 우리의 우정'은 또 뭐야?"

모건은 화가 나 어쩔 줄 몰라 하며 겨우 말을 이어갔다.

나는 자전거 페달만 계속 밟았다.

내 오른편 뒤쪽에서 따라오며 모건이 계속 쏘아붙였다. 꼭 내 귓가에 대고 속삭이는 악마(아니다, 천사인가?) 같았다.

"우리가 친구 되긴 글렀단 뜻이니? 아니면 네가 나 같은 애랑 친구 되는 게 글렀단 뜻이니? 도대체 이유가 뭐야?"

이것도 10분 안에 끝이 날 거다. 집에 거의 다 왔다. 집이 코앞이었다. 나는 멈추지 않고 자전거 페달을 계속 밟아 앞으로 달려 나갔다.

"우린 친구야."

"아무도 없을 때만 친구겠지." 모건이 되받아쳤다.

"다른 애들이 우릴 봤어! 어쩜 그렇게 둔하냐?"

나는 거의 소리를 지를 뻔했다.

모건이 자전거를 길가에 세우더니 그대로 주저앉았다. 나는 한 바퀴 빙 돌아 모건 쪽으로 되돌아가서 한 발만 땅에 디뎌 균형을 잡고 섰다.

"무슨 소리야? 무슨 말인지 모르겠어." 모건이 물었다.

모건의 두 눈이 나를 제대로 쳐다보지도 못하고 이리저리 움직이는 게 아주 불안해 보였다.

"제프 카스텔라노가 디마커스랑 개빈이랑 함께 극장에 있었어. 그 애들이 우릴 봤다고."

"그래서? 어떤 일이 벌어질 거 같아?"

모건의 말에 나는 고개를 흔들며 소리 질렀다.

"너한텐 전혀 중요하지 않겠지. 하지만 월요일에 학교 가면 난 모든 게 엉망진창이 될 거야."

그 순간 나는 모건의 표정에서 아픔과 혼란을 함께 봤다. 하지만 그 표정은 곧 냉정함과 두려움으로 바뀌었다.

"가자."

모건이 짧게 내뱉고는 벌떡 일어섰다. 그러더니 자전거를 어설프게 홱 잡아당겨 타고 비틀거리며 출발했다.

"잠깐만."

"내가 왜?" 모건이 말했다. "너도 다른 애들이랑 똑같은 애였구나."

"아니야, 아니라고!"

나는 모건의 뒤에 대고 소리쳤다. 하지만 모건이 페달을 밟아 앞으로 나아가는 모습을 그저 바라보기만 했다. 그때는 몰랐지만 이제 알겠다. 모건의 말이 맞았다. 나도 다른 애들과 다를 바 없었다. 다른 애들과 똑같아지는 게 두려울 뿐이었다.

만족 보장

스스로 목숨을 버린 사람은
모건이다.
그런데 왜 내 마음속에서
뭔가 죽은 것 같은 느낌이 드는 거지?
말도 안 된다는 걸 알지만,
물어내라고 떼쓰고 싶다.
우리는 태어날 때 보장받았잖아?
만족 보장.
그렇지 않으니 물어내야지?

거절

　돌이켜보니 이제야 비로소 내가 저질렀던 실수가 보인다. 마치 서로의 짧은 꼬리를 회색 코로 꽉 움켜쥐고 늘어선 슬픈 서커스단 코끼리 행렬 같다는 생각이 든다.

　모건과 함께 영화를 보러 갔던 일….

　모건과 함께 있는 걸 '들킨' 일….

　정말, 진짜로 깨달았다. 내가 저지른 실수 가운데 가장 나쁜 일은 바로 맨 처음 저지른 일이었다는 사실을 말이다. 모건의 소셜미디어 페이지에 '어떤' 글을 올린 일. 이제 인정한다. 그 짓은 해서는 안 되는 일이었고 나는 영원히 후회할 거다. 맨 처음 저지른 실수가 에베레스트 산 아래로 굴러 내려간 눈덩이가 되었다. 단 하나의 실수로 결국 눈사태가 일어나버렸다.

　내가 저지른 그다음으로 나쁜 실수는 적을 잘못 만난 것이었다. 영화 사건이 있은 그다음 화요일에 나는 '잡았다' 카드를 다시 받았다.

나 좀 봐줘. 타이밍이 이보다 더 나쁠 순 없을 테니까.

나는 이미 기분이 상해서 마음에 드는 일이라곤 단 하나도 없고 오만 가지가 모두 짜증스러웠다.

그걸 어떻게 설명할 수 있을까?

모든 일이 다 거슬렸다. 체육 시간에 애들이 운동화를 찍찍 끄는 소리도 싫고 선생님들이 하는 시답잖은 이야기는 물론이고 아무 의미 없는 숙제, 복도를 꽉 메운 소음, 멍청이들끼리 치고받는 소리, 여자애들 수다 소리, 애들이 꺅 하는 비명 소리도 모조리 싫었다. 나 혼자 다른 우주에 살고 있는 느낌이었다. 나만 홀로 멀리 떨어져 나온 기분이었다. 와이파이 안 잡힘.

사물함을 열고 내 차례가 되었음을 알게 된 건 바로 그때였다.

아니야. 나는 생각했다. *오늘은 아니라고.*

나는 벌써 할 만큼 했다.

모건도 시달릴 만큼 시달렸다.

나는 뭐든 해야만 했다. 아테나는 수업이 끝난 후 라크로스(크로스라는 라켓을 사용해서 하는 하키 비슷한 구기:옮긴이) 경기장에 있을 터였다. 아테나의 몸집 좋은 남자친구 퍼거스 틱이 라크로스 선수이기 때문이다.

아테나한테 모든 걸 말해야 할 때가 왔다.

아테나는 여자애들한테 둘러싸여 정작 경기에는 관심 없이, 시끄럽게 수다를 떨면서 깔깔대고 있었다. 여자애들이 가까이 있는데도 긴장하지 않은 건 난생처음이었다. 나는 주저하지 않고 아테나한테 다가갔다.

"얘기 좀 할래?"

아테나가 *네가? 진짜로?* 하는 눈빛으로 나를 쳐다봤다.

내가 응, *진짜*라는 표정을 지어 보인 게 분명했다. 아테나가 어깨를 으쓱하더니 내가 다른 애들 소리가 전혀 들리지 않는 곳까지 가는 동안 내 뒤를 따라왔으니까.

나는 걸음을 멈추고 마분지 카드를 꺼냈다.

"나, 이거 이제 안 할래."

아테나는 아무런 반응이 없었다. 기분이 어떤지도 전혀 알아챌 수 없었다. 꽤 한참 동안 말없이 나를 쳐다보기만 했다.

하늘에서 내리는 눈처럼 부드럽고 티 하나 없는 아테나의 피부가 눈에 들어왔다. 새삼 예전처럼 긴장감이 찾아왔다. 나는 마음이 불안해서 기다리는 내내 발을 이리저리 움직이며 가만히 있지 못했다. 아테나가 내 운명을 결정하는 동안, 마분지 카드는 내 손에 들린 채 아테나와 나 사이에 놓여 있었다.

아테나가 드라마 〈CSI 과학수사대〉에 나오는 검시관 같다는 생각이 들었다. 그리고 나는 아테나가 부검하길 기다리는 탁자 위의 시신이었다. 온기라고는 전혀 없는 아테나의 파란 두 눈이 이글이글 타올랐다. 그때까지도 아테나는 마음을 정하지 못한 상태였다.

마침내 아테나가 완벽한 입술을 벌리고 반짝이는 하얀 이를 드러내며 활짝 웃더니 내 손에서 마분지 카드를 홱 잡아챘다.

"내가 알아서 할게."

아테나가 손을 살며시 내 얼굴에 갖다 댔다. 부드러운 손가락에서 바닐라 웨이퍼와 레몬 향이 났다.

"걱정 마, 샘."

그때 사이드라인 바깥쪽에서 큰 함성이 들려왔다. 우리 편 선수들이 상대편 골라인 바로 앞에서 득점을 축하하고 있었다. 선수들이 높이 치켜든 라크로스 스틱이 보였다.

"아테나! 방금 퍼거스가 골을 넣었어." 웬디가 소리쳤다.

아테나가 순간 나를 잊은 듯 몸을 돌려 경기장을 쳐다봤다.

퍼거스가 뱃속 깊은 곳에서 소리를 끌어올려 울부짖었다.

"우와아아아아아아아!"

그러고는 거들먹거리며 동료 선수들과 서로 가슴을 부딪쳤다. 내 생각에 퍼거스는 훗날 괜찮은 국회의원이 될지도 모르겠다.

라크로스 경기는 덩치 좋은 남자애들이 서로 스틱을 휘두르며 싸우는 모습이 꽤 거칠어 보였다. 내가 야구를 해서 다행이라는 생각이 들었다.

"그러니까 우리 괜찮은 거지?"

경기장 쪽의 함성이 가라앉고 나서 나는 마지막으로 물었다.

"그럼. 걱정할 거 없어."

아테나가 한 손으로 날씬한 배를 살살 문지르며 대답했다. 마치 배가 고파 죽을 지경이라는 사실을 이제야 깨달은 것 같았다. 아테나한테 고맙다고 인사할 뻔했는데 하지 않은 게 정말 다행이었다.

"그래, 그럼. 음, 나중에 또 보자."

아테나가 휴대폰으로 재빨리 문자를 보내고 문자를 받아 읽고 활짝 웃더니 또다시 문자를 보냈다. 나는 이야기가 끝이 난 건지 아닌지 의아해하며 가만히 서 있었다. 아테나가 휴대폰을 주머니에 넣고 흡족한 얼굴로 나를 보며 밝게 웃었다. 꼭 태양이 작은 행성에 부드럽게 빛을 비추는 것 같았다. 나는 아테나가 뿜어내는 빛에 푹 잠겨 서 있었다.

"아, 샘. 물어볼 게 있는데 잊어버릴 뻔했네. 너, 최근에 재밌는 영화 보러 갔었다며?"

아테나가 더없이 다정하게 말했다.

"뭐, 뭐, 뭐라고?"

나도 모르게 말을 더듬거렸다.

(뭐라고?)

그 순간 갑자기 내 눈이 멀어버린 것 같았다. 아무것도 보이지 않았다.

아테나가 알고 있어.

아테나가 여왕처럼 가늘고 긴 손가락을 쳐들며 말했다.

"게임은 걱정 마. 이미 다 처리됐으니까."

주의사항

깨지기 쉬움.

주의를 기울여 처리할 것.

구기거나 훼손하지 말 것.

나쁜 결과

모건과 나는 서로 만져본 적이 전혀 없다고 전에 일기에 썼다. 엄밀히 따지면 그건 거짓말이다.

라크로스 경기장 옆에서 아테나와 이야기를 나눈 다음 날 2교시와 3교시 사이에 있었던 일이다. 학교 중앙 복도는 도축장에 내몰린 소처럼 우왕좌왕하는 학생들로 가득 차 있었다. 모건이 내 팔을 잡았다.

나는 모건의 두 눈에 가득 찬 분노를 느낄 수 있었다.

"이… 위선자… 거짓말쟁이!"

모건은 두 주먹을 꽉 쥐고 있었다. 아니, 온몸을 잔뜩 앙다물고 있는 것 같았다. 번쩍이는 모건의 두 눈은 무척 화가 나 보였고 빨갰다. 나는 모건이 울었다는 걸 알 수 있었다.

"네가 왕따 게임 하는 애들이랑 같이 어울렸다는 사실을 믿을 수가 없어."

"뭐라고? 나 안 해…."

"거짓말하지 마. 그런 말조차…."

말 그대로 모건은 말문이 막힌 것 같았다. 말을 잇지 못하고 입술만 달싹였다. 무슨 말을 해야 할지 모르는 것 같았다. 마치 모건의 머릿속 운영체계 전체가 작동을 멈춘 것 같았다. 파일을 찾을 수 없습니다. 결국 모건은 오른손을 들어 내 뺨을 찰싹 때렸다. 어찌나 소리가 컸던지 지나가던 애들이 모두 걸음을 멈추고 쳐다봤다. 진짜 한 사람도 안 빼고 모두.

모건이 뒤돌아 밖으로 뛰쳐나갔다. 학교 정문을 향해 씩씩대며 갔다. 드라마가 따로 없었다.

"학생, 잠깐만. 거기 여학생! 외출 허가증 없으면 학생은 밖으로 못…."

나이 지긋한 경비원 아저씨가 소리쳤다. 하지만 모건은 뒤도 돌아보지 않고 학교 정문 앞에 도착했다. 수많은 눈과 얼굴이 나를 에워싸고 유심히 지켜보고 있다는 사실을 그제야 깨달았다.

그곳에 모인 눈들이 모두 나를 쳐다보다가 모건, 그리고 다시 나에게로 되돌아왔다. 내 친구들, 같은 반 애들, 모르는 애들도 있었다. 모두 내가 무슨 일을 저질렀는지 궁금해하며 어떻게 반응할지를 지켜보고 있었다.

(나는 모건이 내가 저지른 일을 알아버렸다는 사실을 눈치챘다. 그리고 곧 아테나가 문자를 보냈던 상대가 모건이라는 사실도 깨달았다. 내 비밀이 드러났다. 가장 중요한 한 사람에게 나는 더 이상 익명이 아니었다. 모건이 결국 진짜 내 모습을 알아버린 것이다.)

"얘들아, 봤어? 어떤 여자애가 저 남자애를 때렸대."

소곤거리고 낄낄대는 소리가 들렸다.

나는 무대 위에서 내키지 않는 대목을 연기하고 있는 배우였다. 하지만 나는 내 대사를 완벽하게 읊었다.

"야, 너, 못생긴 뚱땡이 짐승."

모건이 내 말을 들었을 게 분명했다. 지켜보고 있는 애들 모두에게 들으라고 소리 질렀으니까. 웃음소리가 더 커졌다. 관객들은 내 편이었다. 잘한다, 브라보!

"학생! 학생!"

경비원 아저씨가 계속 소리 질렀다.

교문이 쾅 소리를 내면서 열렸다.

모건은 학교 밖으로 나가버렸다.

나

샘, 내 이름.
나는
샘.

나, 나, 나는 샘.

시름에 찬 시간

'시름에 찬 시간은 길게 느껴진다네.' 윌리엄 셰익스피어.

오해는 하지 마시라. 내가 광기 어린 대사로 가득 찬 500년 묵은 희곡을 정말 읽기 좋아하는 생각 깊은 부류라는 뜻은 아니니까. 선택의 여지가 없었을 뿐이다. 문학 시간에 〈로미오와 줄리엣〉을 읽었는데 음악과 춤, 그리고 느끼한 머리 모양만 빼면 〈웨스트 사이드 스토리〉라는 뮤지컬과 거의 비슷했다.

〈로미오와 줄리엣〉을 읽으며 나는 모건을 떠올렸다. 모건과 나는 연인도 그 무엇도 전혀 아니었다. 그보다 우리는 같은 바다에 따로 떠 있는 섬에 가까운 사이였다. 마치 몬터규와 캐플렛 가문, 아니면 개와 고양이처럼 말이다. 학교에서 어떻게 하면 모건과 아무 일 없었던 것처럼 행동할 수 있을지 감을 잡을 수가 없었다. 다른 애들이 어떻게 생각할지도 몹시 두려웠다.

하지만 학교는 결국 일주일에 35시간만 지내면 되는 장소일 뿐이다.

내게는 친구들이 있었고 모건에게도 뭐가 됐든 있었다. 생각? 가족? 작은 술병과 담배? 모건이 간직하던 또 다른 비밀?

내 생각엔 그렇다.

셰익스피어는 로미오와 줄리엣을 '사랑하지만 인연이 없는 연인'이라고 불렀다. 왠지 어떤 자연의 힘이 두 사람이 함께 있지 못하게 작용한 것 같다. 둘이 함께하는 건 자연의 법칙을 거스르는 일이었다! 그러니까 둘은 그런 식으로 끝날 수밖에 없었다. 둘 다 자살, 쿵! 연이어… 막이 내린다.

내가 가끔 학교가 싫은 이유도 그것이다. 나 자신이 그다지 자랑스럽지 않은 이유이기도 하다. 적어도 로미오와 줄리엣은 둘 다 용감했다. 누가 어떤 말을 하든 전혀 상관하지 않았다. 둘은 광적이고 뒤틀린, 불운한 사랑을 따랐다. 다른 사람들과 함께 있는 곳은 지옥이었다.

나는 뭘 한 걸까? 말해줄게. 나는 그냥 눈만 껌뻑거리며 그 자리에 선 채 방금 무슨 일이 벌어졌는지 궁금해하기만 했다. 손에 펜을 쥐고 있다는 사실만 빼면 여전히 그러고 있는 것과 별반 다를 바 없다. 나는 일기를 쓰는 남자애일 뿐이다. 모건은 떠났고 나만 남았다.

'시름에 찬 시간은 길게 느껴진다네.'

착한 내 강아지

정말, 진짜로 다행이다.

지금 이 순간 나한테 강아지가 있어서.

맥스는 나를 이해하고, 인터넷을 하지도

않으니까. 나는 바란다.

내가 맥스만큼 순수하고 진실할 수 있기를.

내 옆에 누운, 착한 내 강아지,

고맙고 사랑해.

레인웨이 선생님을 다시 만나다

나는 레인웨이 선생님과 2주에 한 번씩 상담을 시작했다.

선생님은 상담을 '단순 확인 작업'이라고 불렀다. 몇 차례 같이 점심을 먹기도 했다.

어느 날, 레인웨이 선생님이 잊을 수 없는 이야기를 해주었다. 아직도 그 순간을 생생하게 기억한다. 무슨 요일이었는지, 선생님이 입었던 옷은 물론 그날 매고 있던 우스꽝스러운 트위티(디즈니 만화영화에 등장하는 병아리 캐릭터:옮긴이) 넥타이까지 모두 다. 선생님 책상 뒤편에 걸린 액자에 들어 있던 사진도 물론 기억한다. 사진은 선명하지 않았지만 해변에 앉은 두 사람을 어렴풋이 알아볼 수 있었고 사진 아래에 적힌 글씨도 읽을 수 있을 정도였다.

먼저 사과하는 사람이 가장 용감한 사람이다. 먼저 용서하는 사람이 가장 강한 사람이다.

평범한 레인웨이 선생님답게 선생님의 상담실은 좋은 글귀가 가득했다.

"샘, 내가 생각을 좀 해봤거든. 네가 그동안 잘못된 조언만 들어 온 게 아닌가 싶어서 말이야."

레인웨이 선생님이 넥타이를 매만지며 말했다.

"적어도 우린 다른 경우를 한 가지라도 생각해봐야 하지 않겠 니? 다들 이렇게 말하지. 그냥 넘어가라고, 잊어버리라고 말이야. 하지만 반대로 생각해보자. 어쩌면, 어쩌면 말이야. 네가 그 일을 다시 떠올리고 직접 마주치는 게 도움이 될지도 몰라."

갑자기 전기가 확 들어온 느낌이었다. 먹통이던 기타 줄이 소리 를 내는 느낌. 딩, 딩, 딩.

"그렇게 해보려고 했어요. 아주 조금, 일기장에요."

"그랬구나. 잘했어. 그렇게 계속해보렴."

"그다음엔 뭐가 있어요?"

선생님은 내 질문을 이해하지 못했다.

"제 말은, 그걸 다 파헤친 후에는요? 제가 마침내 반대편에 닿으 면 전 어디로 가요?"

무슨 일이 생길지 겁이 났다. 괴물과 마주치고 싶지 않았다.

"샘, 난 말해줄 수가 없구나. 답은 나도 모르지. 난 네가 정답을 찾아내도록 도와주려고 여기 있는 거니까."

밖으로 나오다가 레인웨이 선생님의 상담실 바깥쪽 벤치에 앉 아 있는 아테나를 발견했다. 그런 데서 아테나와 부딪치고 싶지 않 았다. 여기는 내 구역이었다. 아테나를 보자 속이 뒤집혔다. 여기 서 아테나와 내가 다시 얽히게 된 게 무엇보다 싫었다. 나는 분노에 차서 아테나를 노려봤다. 아테나의 얼굴이 하얗게 질리더니 내 눈길을 견디지 못하겠다는 듯 뒷걸음질 쳤다. 어찌 된 건지 이제는 아테나의 외모가 썩 대단해 보이지 않았다. 아테나는 무척 겁에 질린 모습이었다.

바로 그 순간 나는 몹시 혼란스러웠다. 그 순간 나는 적에게 동정심을 느꼈다.

첫걸음

결국 모건은 내 문자에 답장을 보냈다.

모건은 말했다.

문자 보내지 마 이 멍청아

아직 화가 안 풀렸구나!

봄

모건은 봄이 되자 점점 더 심해졌다.

마치 모든 꽃과

모든 새 잎조차

자기를 모욕한다는 듯이.

맹세

모건이 학교에서 뺨을 때린 후로 모건과 내 사이는 완전히 달라졌다. 그래도 아주 가끔, 둘 다 외로워져서 후회감이 밀려와 어쩔 줄 모를 때는 휴전이라고 할까, 그런 경우가 생기기도 했다.

몇 주가 지났다. 그때까지도 모건과 나는 각자 강아지를 산책시키는 길에 같은 장소에서 마주치곤 했다. 그때마다 나는 우연일 뿐 전혀 그럴 의도가 없었던 척 행동했다.

그런 날이면 우리 둘은 꼭 짝짝이 양말처럼 우두커니 서 있었다. 마치 아무 일도 없었던 것처럼. 우리는 서로에게 물리학으로는 성립되지 않을 힘을 보내며 서 있었다. 모건이 저만치 서서 끌어당기면 나는 좀 더 멀리 물러났다. 지구과학 시간에 배운 지질구조판 두 개가 움직일 때처럼 말이다.

(맞다, 말도 안 되는 지난번 지구과학 시험에서 73점을 맞았다. 고맙네요, 호프내거 선생님!)

내 생각엔 우리 둘 다 이미 변했다. 모건의 변화는 좀 더 뚜렷했다. 모건은 더는 예전과 같은 애가 아니었다. 나와 함께 있을 때도 예전보다 노골적으로 행동했다. 모건에겐 이제 거리낌이 없어진 거였다. 우리 사이의 믿음은 사라졌다.

그래, 일기 쓸 때만이라도 솔직해지도록 해야겠다. 나는 모건이 뭘 하려고 하는지 알지 못했다. 아무도 몰랐다. 알았더라면 일이 이 지경이 되도록 내버려두지 않았을 거다. 내 말은 일이 이 지경이 되도록 내버려두지 않았어야 한다는 걸 내가 '알고 있었다'는 뜻이기도 하다. 나는 모건이 내 도움을 필요로 할 때 포기해버렸다. 모건이 나를 밀어냈을 때 내가 더 세게 붙잡았어야 했다. 더 노력했어야 했다.

봄이 되자 야구 시즌이 시작되었다. 나는 학교 야구부 소속으로 다른 지역 원정 경기에 참가했다. 경기가 없을 때는 타격 레슨을 받았다. 개인 시간이 아예 없어졌지만 그래도 행복했다. 야구는 확실히 어렵다. 하지만 일상생활보다는 훨씬 쉽다. 안타를 치거나 아웃을 당한다. 공을 잡거나 놓친다. 모두 아주 간단한 일이다. 내 말이 좀 엉뚱하게 들리리라는 걸 잘 알지만 공조차 완벽하게 생겼다. 진심인데 야구공은 완벽한 물체다. 볼링공은 너무 무겁고 미식축구공은 희한하게 생겼다. 골프공은 너무 작다. 야구공은 하얗고 부드러운 표면에 빨간 실로 꿰맨 자국이 86개나 있다.

(그래, 내가 세어봤다. 농담이야! 어디서 읽었다.)

야구공은 던지고 받기에 완벽한 물체다. 대부분의 남자애들처럼 나도 가만히 앉아 이야기하는 것보다 공을 던지고 받는 놀이를 하는 게 훨씬 좋다. 초록색 잔디가 덮인 경기장에 모건과 함께 서서 휙휙 공을 던지고 받노라면 나는 풀을 뜯는 소처럼 평온했다.

당시에는 맥스도 나랑 함께 있을 때 별로 신나 하는 것 같지 않았다. 맥스를 데리고 나가 충분히 산책을 시켜주지 않아서였다. 가끔 산책을 할 때도 멀리 가지 않고 금세 끝내곤 했다. 모건과 마주치지 않으려고 나는 공터로 나가는 걸 피하기 시작했다. 후텁지근한 5월의 어느 날 밤, 저녁 식사를 하고 난 뒤에도 꽤 오랫동안 해가 저물지 않는 때였다. 나는 맥스를 데리고 탐사에 나섰다. 맥스와 함께 중학교 뒤편 숲 속을 이리저리 돌아다니다 공동묘지로 향했다.(강아지를 데리고 공동묘지에 가지 않아야 한다는 건 알지만, 아무튼 그랬다!)

갑자기 래리가 미친 듯이 짖는 소리가 들렸다. 왈, 왈, 왈, 왈왈, 왈, 왈!

털뭉치가 나를 보고는 아주 신이 났다.

모건은 나무에 등을 기대고 땅바닥에 앉아 있었다. 주위엔 아무도 없었다. 꼭 나무에 매달려 있던 사과 하나가 바닥에 똑 떨어진 것처럼 나무 근처엔 모건뿐이었다.

"안녕!" 내가 먼저 인사를 건넸다.

"안녕." 모건이 대답했다.

처음엔 어색했지만 잠시 후 우리는 조금씩 이야기를 나누기 시작했다. 모건은 예민하고 왠지 쌀쌀맞았다. 가슴에 구멍이 뚫린 기분이라고 했다.

"너, 그동안 아팠어?"

"아니. 신경 쓰지 마. 늘 그랬는데 뭐. 앞으로도 그럴 거고. 변한 건 아무것도 없어."

왠지 모르지만 좀 슬프기도 하고 마음이 불편해졌다. 섬뜩한 느낌이랄까. 오래 같이 있고 싶지 않았다.

"어, 어두워진다. 난 가야겠어."

"너, 침 뱉고 손 흔들어본 적 있어?" 모건이 물었다.

"무슨 말이야?"

"침 뱉고 손 흔들기 있잖아. 네 손에 침을 뱉고 흔드는 거지."

모건의 발음이 좀 어눌했다. 저만치 앞에 놓인 빨간 컵이 눈에 들어왔다. 쓰레기일지도 모르지만 아닐 거란 생각이 들었다.

"침 뱉고 손 흔들기, 알아, 몰라?" 모건이 다시 물었다.

"맹세 같은 거야?"

"맞아. 굳은 맹세를 하는 거지."

"그렇다면 음, 해본 적 없어."

"만일 네가 나한테 비밀 한 가지를 말해주면 나도 너한테 뭘 말해줄게. 뭐냐면…."

"아니, 하지 마. 안 듣는 게 좋을 것 같아."

나는 고개를 저으며 말했다. 모건의 모습이 어딘가 좀 섬뜩했다.

"그, 그러지 뭐. 그, 그냥 내 기분이 이래도 괜찮을지 생각하고 있었어. 이런 기분이 드는 게 맞나 싶어서."

"모건, 너 무슨 말 하는 거야?"

"아무것도 아니야. 중요하지도 않고."

나는 모건이 그날 밤 속마음을 털어놓으려고 했었다는 생각이 든다. 모건이 나한테 진심을 보여주고 싶었던 걸까? 그럴 수도 있겠다. 있잖아, 그런데… 난 알고 싶지 않았다. 알고 싶지 않았을 뿐이다.

"너도 갈 거지?"

"아니."

모건이 대답하고는 몇 번 라이터를 찰칵거리다 담뱃불을 붙였다.

"너, 담배 피우면 안 돼. 그러다 죽어."

"곧 끊을 거야. 다 네 덕분이야." 모건이 웃으며 대답했다.

"맹세할 수 있어?"

"오늘은 말고."

모건이 담배 한 모금을 깊이 빨더니 연기로 동그란 고리를 만들어 하늘로 뿜어냈다.

"너, 진짜 혼자 계속 있으려고?"

"그래. 집도 지겨워."

"내일 학교 가야 하잖아."

"그런데 있잖아, 반딧불이가 하나도 안 보이네. 넌 본 적 있어?"

"나도 못 봤어. 반딧불이는 여름에 많지."

"어릴 때 반딧불이 잡으러 다니던 게 기억나. 반짝거리면서 하늘을 나는 걸 보고 우린 그걸 살아 있는 전구라고 불렀어. 여동생이랑 나랑 반딧불이를 잡아 뚜껑에 구멍 뚫린 병 속에 넣어뒀어."

"그래?"

"기억나. 내가 얼마나 반딧불이를 잡아서 가둬두고 싶어 했는지. 아빠는 '안 돼, 안 돼, 보내줘' 하셨어. 그런데 한번은 내가 유리병을 뒷마당 풀숲 속에 숨겨뒀거든. 다음 날 까맣게 잊어버렸고. 그땐 어린애였으니까, 그렇지?"

모건은 마치 꿈을 꾸듯 이야기를 이어갔다.

"맞아."

모건이 오른 손가락을 비틀었다. 다섯 손가락 모두 각각 세 번씩 아래부터 위까지 비틀었다. 긴장할 때면 하는 새로 생긴 버릇이었다.

"몇 주가 지난 뒤에야 유리병을 다시 발견했어. 반딧불이는 모조리 죽어 있었어. 내가 다 죽였어."

"슬픈 얘기네."

"맞아. 난 계속 울었어. 아빠는 엄청 화를 내셨고."

나는 무슨 말을 해야 좋을지 몰랐다.

모건과 나는 한때 친구 비슷한 사이였지만 이제는 아니었다. 모건은 술에 취해 나무 밑에 앉아 담배를 피우는 이상한 여학생일 뿐이었다. 모건이 좀 무섭다는 생각을 했던 것 같다.

"맥스, 가자!"

나는 자리를 떴다.

아는 애였어

"나, 모건 알아. 나랑 친구였거든."

모건의 언니가 이해할 수 없다는 표정으로 나를 쳐다봤다.

그때 나는 한 문장도 제대로 완성할 수 없을 정도로 멍청했다.

"누나 동생, 모건 말이야. 모건을 조금 알고 지냈어."

모건의 언니, 소피는 음수대 버튼에서 손을 떼지 못했다. 반원을 그리며 솟아 나온 물줄기는 도자기 음수대 위로 떨어져 배수구로 흘러들어갔다.

"나한테 그 얘길 왜 하는 거니?"

나는 곤혹스러운 느낌이 들어 어깨를 으쓱하고는 음수대만 멍하니 쳐다봤다.

"더 마실 거야?"

내가 음수대를 가리키며 묻자, 그제야 소피가 정신을 차리고 버튼에서 손을 뗐다. 솟구치던 물줄기가 멈췄다. 소피가 이상한 눈빛으로 나를 쳐다봤다. 내가 어떤 행동을 할지, 아니면 내가 '어떤 애'

인지 몰라 조금 겁을 먹은 것 같았다.

"누나가 알고 있어야 할 거 같아서. 그럼 나랑 할 말이 있을지도 모르잖아."

소피의 손이 저절로 오른 손가락에 낀 반지로 향했다. 그러더니 습관적으로 반지를 빙빙 돌렸다. 소피가 침 삼키는 소리가 들리는 것 같았다. 무척 긴장해서 목이 타들어가는 모양이었다.

"자, 한 모금 마셔. 오늘은 내가 살게."

내가 음수대에 달린 은색 버튼을 눌러주자, 소피가 힘겹게 몸을 구부리더니 맑고 깨끗한 물을 한 모금 마셨다. 나는 소피가 끼고 있는 반지를 알아봤다. 모건이 예전에 끼고 다니던 반지였다.

소피가 몸을 일으키고 손등으로 입술에 묻은 물을 닦아냈다.

"고마워."

그때 최신 유행의 옷을 입은 여자애 세 명이 호기심을 보이며 우리 곁으로 다가왔다. 아마 소피가 바짝 마르고 멍청해 보이는 나이 어린 남자애랑 왜 이야기를 나누고 있는지 궁금했던 모양이다.

"소피, 안 갈래? 메리가 태워준다는데." 그중 한 명이 말했다.

"금방 갈 거야. 먼저 가 있어. 뒤따라갈게." 소피가 대답했다.

여자애들이 합창하듯 알겠다고 대답한 뒤 자리를 떠났다.

소피가 다시 나를 쳐다봤다.

"전에 내 사물함 여는 거 도와준 애지? 이제 기억난다. 네 이름이 뭐였더라?"

나는 소피한테 내 이름을 다시 알려주었다.

그런데 내 머릿속 어딘가 깊고 컴컴한 우물 같은 데서 생각지도 못한 말이 느닷없이 튀어나왔다.

"모건이 많이 보고 싶겠다."

소피가 무슨 말을 하려는 듯 입을 벌렸다. 생각하는 건지, 추억을 떠올리는 건지 두 눈을 깜빡거렸다. 그러다 입을 다물었다.

"나, 가봐야 해. 내 친구들이⋯." 소피가 대답했다.

"괜찮으면 나랑 얘기 좀 해."

"아니, 아니. 오늘은 아니야."

좀 퉁명스럽게 말하고 소피는 서둘러 사라져버렸다.

여름, 우연한 만남

아마 내가 모건을 마지막으로 본 날이었을 거다.

두 달 전 방학을 하고 나서는 모건을 전혀 보지 못했다. 가끔 모건을 찾아보기도 했지만 방학 동안 할 일이 무척 많았다. 바닷가로 여름휴가를 가고 야구 원정 경기도 가고 애들이랑 놀기도 해야 했다. 모건을 만나는 게 내겐 중요한 일이 아니었다. 인생이 뭐 다 그런 거잖아? 모건이 강아지를 산책시키러 나온 것도 전혀 보지 못했고 자전거를 타고 모건의 집 앞을 몇 번 어슬렁거려보기도 했지만 만날 수 없었다.

그러던 어느 날 모건과 딱 마주쳤다.

모건은 안 좋아 보였다.

나는 만화에 나오는 최면술사처럼 웅얼거렸다.

"넌 지금 잠이 온다, 몹시 졸린다. 모건, 너 눈 밑에 다크서클, 진짜 장난 아니다."

"너, 지금 나한테 못생겼다는 말을 하려는 거야? 나도 알거든."

모건이 얼굴을 찌푸리며 말했다.

"뭐라고? 아니야, 그런 말. 그냥 네 눈이 빨개서 하는 소리지. 너무 지쳐 보이기도 하고."

"꼭 우리 언니같이 말하네."

나는 무슨 말을 해야 이 우스꽝스러운 상황에서 빠져나갈 수 있을지 도무지 알 수가 없었다. 우리의 우정, 아니 그게 뭐였든지 간에, 그런 건 이미 끝났다. 이제 우리에겐 서먹함과 후회만 남았다.

"그냥 한 말인데."

내가 힘없이 한 마디 하자, 모건이 힘없이 웃었다. 힘없이 웃었다고밖에 달리 설명할 길이 없다. 힘이 전혀 없고 기쁨도 전혀 느껴지지 않았다. 입을 크게 벌리고 웃었지만 눈빛은 정반대였다.

"괜찮아. 잠을 설쳐서 그래."

나는 모건의 대답에 마음이 놓여 고개를 끄덕거리며 말했다.

"난 일주일에 한 번 정도는 완전히 지쳐 쓰러져. 수요일쯤엔 초저녁부터 자. 그럼 다음 날 기분이 훨씬 좋아져. 지난주 토요일엔 낮 열두 시까지 잤어. 내 기록으론 최고지. 너도 한번 해봐."

모건이 코를 킁킁 대면서 개울로 향하는 강아지 두 마리를 눈으로 쫓았다. 개울 뒤편 숲에는 나무들이 듬성듬성 서 있었다. 그 숲 속에서 학생들이 모여 담배를 피우고 술을 마시면서 파티를 벌이곤 한다고 들었다. 내가 잘 알지 못하는 다른 세상이었다. 그저 전해들은 이야기와 소문에 불과했다. 내가 사는 세상은 아니었다. 그런데 모건이 숨을 쉴 때마다 술 냄새가 풍겨 왔다. 나는 모건이 주머니에서 담배를 꺼내 일회용 라이터로 불을 붙이는 모습을 지켜봤다. 모건이 담배 한 모금을 깊이 빨아들이고 콧구멍으로 연기를 뿜어냈다.

"이제 습관적으로 담배 피우는 거야?"

"잠을 못 자서."

모건이 나지막하고 무미건조한 목소리로 같은 말을 되풀이했다.

"그럼 밤새도록 뭐 해?"

모건이 귀찮다는 듯 어깨를 으쓱했다.

"뭐 이것저것 해. 인터넷도 하고."

"난 밤엔 내 방에서 몰래 휴대폰을 써야 해. 부모님이 잊어버리지도 않고 꼭 밤 아홉 시면 컴퓨터 전원을 끄라고 하시거든."

"우리 엄마가 그러면 난 자살해버릴 거야."

(모건은 진짜 그렇게 말했다. 진짜 그랬다.)

정말 기진맥진한 사람처럼 모건이 하품을 했다.

"말이 너무 심하다."

"그러게. 걱정 마. 우리 엄마는 인터넷을 못쓰게 안 하시니까."

그게 다였다. 우리가 이야기를 나눈 마지막 순간이었다. 마지막 순간에 얼마나 말이 통하지 않았는지를 생각하니 놀랍기까지 하다. 우리는 꼭 서로 다른 언어를 사용하는 사람들 같았다. 모건이 나뭇가지에 앉아 애절하게 지저귀는 한 마리 새였다면, 나는 구름을 올려다보며 하염없이 짖어대는 한 마리 개였다.

모건이 했던 말

오늘은 물풍선만 한 빗방울이 마구 쏟아졌다. 윙윙 요란한 소리를 내며 휘몰아치는 바람에 세찬 빗줄기가 내 방 창문을 시끄럽게 두드렸다. 머릿속에서 떨쳐버리려고 애써도 끈끈하게 달라붙는 라디오 소리 같았다.

나는 험하고 궂은 날씨를 아주 좋아한다. 그런 날엔 자연에 대한 경외감을 느낄 수 있고 그에 비하면 나란 존재가 얼마나 보잘것없는지를 알 수 있기 때문이다. 인간은 모두 흩날리는 먼지에 지나지 않는다. 이리저리 떠다니다 결국 사라져버린다.

어쩌면 비가 내린 탓일지도 모르겠다. 오늘 밤엔 모건이 했던 말을 다시 떠올려보고 있다. 사소한 이야기, 즐겨 쓰던 말, 느닷없이 한 이야기를 모두. 책에서도 처음엔 전혀 중요해 보이지 않던 어떤 이야기가 결국 아주 중요한 사건으로 이어지는 신기한 경우가 있으니까. 그러니까 모든 걸 다시 떠올려서 속뜻을 다시 찾아보아야겠다. 맥스가 숲 속 오솔길을 한 바퀴 돌아 나한테 돌아오는 것처럼 현재는 늘 과거를 한 바퀴 돌아 다시 온다. 나는 지금 모건의 말도 그런 식으로 생각하고 있다. 과거에 일어난 모든 일은 지금 내가 알고 있는 일과 모두 다 연관이 있다.

"네가 곤란해지는 건 싫어."

언젠가 모건은 나한테 이런 말을 했다.

그 순간은 모건의 말이 맞았다. 나는 모건과 함께 있는 모습을 들켜서 곤란해졌다. 그리고 모건은 틀림없이 큰 상처를 받았을 거다. 하지만 모건이 알지 못했던 건 나를 위한 말이 아니라 모건 자신을 위한 말을 해야 했다는 사실이다. 내 불안감과 우둔함 탓이었다. 내가 좀 더 자신감만 있었더라도 모건 옆에 친구로 서 있을 수 있었을 거다. 하지만 나는 다른 애들이 나를 어떻게 생각할까 두려워 숨어버렸다.

모건과 내가 함께한 모든 순간순간이 나의 행동으로 인해 짓밟히고 무너졌다.

모건과 나 사이가 그렇게 망가졌다는 게 슬프다. 모건은 그냥 죽은 여학생이 아니다. 다른 사람들이 모건을 그런 아이로 기억하게 내버려둘 순 없다.

야, 모건. 넌 살아 있는 동안 정말 좋은 애였어.

모건은 "남은 학교생활 1년을 버틸 수 있을지 모르겠어"라고 불평하곤 했다.

(와, 지금 바람이 엄청 세게 분다. 큰 나뭇가지 하나가 똑 부러지더니 이웃집 차 위로 떨어졌다! 전기가 나가지 않으면 좋겠는데. 잠깐, 혹시 모

르니까 손전등 하나 찾아둬야겠다.)

잠깐만 기다려.

(돌아왔어. 휴. 진짜 오래 걸렸네! 그렇지? 계속 쓸게!)

모건은 아침에 일어나기가 얼마나 싫은지에 대해서도 이야기하곤 했다. 그렇게 말하지 않는 애들이 없으니, 그게 중요한 일은 아닐지도 모른다. 하지만 밖은 폭풍우가 몰아치고 나는 그 이야기를 떠올리면서 음악을 들으며 내 방에 있다.

일기를 마치기 전에 할 말이 또 하나 있다. 내가 떠올리고 싶지 '않은' 것들 말이다. 나를 지치게 하던 일들. 모건이 점점 사라지고 있다. 하루가 다르게 자꾸만 잊혀간다. 자세히 기억하던 것도 희미해지고 모건은 그렇게….

(헛소리 그만해야지. 그럴 줄 알았어! 전기가 나가버렸다. 어둠.)

그 소식을 들었던 날

인생은 동요처럼 반복되지.

디들디들, 피들피들.

엄마의 찻주전자가 보글보글 끓고,

반가운 우체부 아저씨가 오셨지.

내 검정 래브라도 강아지가 짖었어.

그리고 접시는 숟가락과 도망쳤다네.

아무것도 변하지 않았지만 모조리 변했어.

나는 멍청히 내 방 안에 앉아 있었지.

놀라운 문자 메시지를 믿을 수 없었어. 정신을 차릴 수 없었어.

나는 핸드폰을 꺼버렸지.

내 침대 가장자리에 멍하니 앉아

바닥에 두 발을 디디고 겁에 질려 있었어.

우주 밖으로 둥둥 떠올라

모건처럼 사라졌으면 싶었어.

나는 멍청하고 창백한 내 두 손과 끔찍한 열 손가락을 물끄러미 바라봤어. 이 생각뿐이었어.

내 손은 아무짝에도 쓸모없어. 쓸모없어. 쓸모없어.

선물

모건이 죽은 지 2주 후 소포가 도착했다. 닳고 해진 문고본 책한 권이었다. 여러 번 읽은 모양인지 접히고 찢기고 빗물자국까지남아 있는, 꽤 낡은 책이었다. 모서리도 많이 닳은 상태였다. 책 맨앞장엔 검은색 펜으로 쓴 이름이 있었다. **모건 말렌.**

심장이 바로 그 자리에서 두 배로 부풀어 오른 느낌이었다. 점점부풀어 올라 배까지 볼록해진 병든 물고기가 된 느낌. 가슴이 꽉막혀 제대로 숨을 쉴 수가 없었다. 잡동사니로 가득한 벽장 속에갇힌 느낌이었다.

(미안한데, 이 불쾌한 느낌을 자세히 설명할 수가 없네. 누구 더 정확히설명할 수 있는 사람?)

책장을 넘기기가 겁이 났다. 혹시 나한테 남긴 쪽지가 있는 게아닐까? 나만 알아볼 수 있는 글을 남긴 건 아닐까? 앞부분을 몇장 휙 넘기며 훑어봤지만 별다른 건 없었다.

모건이 그 책에 대해 이야기한 적이 있었다. 그래서 모건이 그 책을 나한테 주고 싶었던 건지도 모른다. 왜 내가 〈벨 자〉라는 소설을 언젠가는 '반드시' 읽어야 하는지 말하면서 그런 눈치를 줬었다. 모건은 작가 실비아 플라스가 마치 자기의 영혼 깊은 곳을 들여다보고 쓴 것 같다고 말했었다. 내 기억으론 모건이 책에 나온 이야기를 그대로 한 적도 있었다.

모건과 나는 우리가 즐겨 가는 숲 속 통나무에 앉아 이런저런 이야기를 나누고 있었다. 우리가 여전히 친구 사이일 때였다. 내가 자기 소셜미디어 페이지에 잔인한 글을 올린 괴물들 가운데 하나였다는 사실을 모건이 알기 전 말이다. 모건은 그날 오후 기분이 좋지 않았고 기분이 나아지길 바라며 우두커니 앉아 있었다.

"다른 사람한테 뭘 바라지 않으면 실망하는 일도 없겠지." 모건이 말했다.

나는 그 말이 무척 슬펐다.

"그런 식으로 살진 마."

모건이 아마 어깨를 으쓱했던 것 같다.

"내가 한 말이 아니야. 실비아 플라스가 〈벨 자〉에 그렇게 썼어."

"끝내준다. 그 책 읽으란 얘길 그런 식으로 또 하다니."

내 머리 위에 새 한 마리가 내려앉기라도 한 것처럼 모건이 나를 한참 쳐다봤다.

"모건, 왜 그래?"

"아무것도 아니야. 그냥… 아무것도 아니야."

지금 바로 그 책이 내 손 안에 들어왔다. 어떻게 이런 일이 일어

났지? 보통우편이 이렇게 느린가? 모건이 2주일도 전에 나한테 소포를 보냈다는 건데. 도착하는 데 너무 오래 걸렸다. 미스터리다.

나는 앞표지를 찬찬히 살펴본 다음 뒤표지도 살폈다. *아직은 아니야.* 나는 생각했다. *난 못 해.* 엄두가 나지 않았다. 알고 싶지 않았다.

하지만 모건은 내가 그 책을 갖고 있기를 바랐다. 모건이 나한테 보낸 선물이었다. 저세상에서 이 세상으로 보낸 선물.

나는 책을 읽기 시작했다.

아빠가 말씀하신다

아빠가 어깨를 으쓱하며 말씀하신다.
"가끔 넌 이리로 홱 가다 어떨 땐
저리로 홱 가는구나."

아빠가 중요한 점을 말씀하신다.
"인간은 모두 언젠가는
교차로에 서게 된단다.
그리고 결정해야만 해.
자기 인생을 말이다."

이제 알겠다.
내가 해온
모든 행동이
새로운 나 자신을 만들었다.

준비 완료.

내일은 저쪽으로 휙 가볼 작정이다.

(사람들은 내가 이쪽으로 휙 갈 거라고

생각하겠지만.)

발표 시간

올해 우리 학교에는 중요한 일이 한 가지 있었다. 하루 종일 이야기만 해야 했다. 바로 학생들 앞에서 발표하는 일이었다. 게다가 성적에도 반영되는 것이었다.

대부분 쓸데없는 이야기가 주를 이뤘지만 그렇지 않은 경우도 좀 있었다. 드물게 들을 만한 이야기를 한 애들도 있었다. 그럴 때면 나는 속으로 무척 감탄했다.

용기를 내야 할 때가 왔다.

내가 발표할 날이 되자, 사람들 앞에 서서 이야기해야 한다는 것에 몹시 긴장한 나머지 스트레스를 받았다. 진땀을 흘리면서 말을 더듬고 사람들 얼굴을 제대로 볼 수도 없겠지.

하지만 괜찮았다.

그 이상이었다. 기분도 좋았다.

내 계획을 실행할 최초의 순간이었다.

물론 발표하기 전에는 불안했다. 온종일 학교에서 조바심이 나고 안절부절못했다. 머릿속엔 온통 다른 생각뿐이었다. 내가 입을 연 그 순간까지도 내가 잘해낼 수 있을지 확신이 들지 않았다. 어떻게 그 이야기를 꺼내야 할지 알지 못했다. 그저 문맥에 맞게 말이 잘 나올 거라고 믿는 수밖에 달리 방법이 없었다. 그럼 누군가는 알아듣는 사람이 있겠지. 아닐지도 모르지. 그걸 누가 알겠어.

어쩌면 나는 반 친구들한테 이야기한 게 아닌지도 모른다. 나 자신, 즉 내 마음에, 그리고 모건을 위해 이야기한 것이다.

1교시가 끝나고 2교시, 그다음 3교시, 그리고 4교시까지 온종일 발표가 이어졌다. 시간이 마치 턱을 앞으로 내민 채 어깨에 총을 짊어진 군인처럼 행진하며 흘렀다. 결국, 내가 일어나 발표할 시간이 왔다.

가슴 위에 300킬로그램짜리 고릴라 한 마리를 얹어놓은 듯한 기분이었다.

나는 발표를 시작했다.

"제 이름은 샘 프록터입니다. 다들 제 이름을 알겠지만요. 저는 여러분의 얼굴을 보며 이 자리에 서 있습니다. 여러분도 저를 볼 수 있고 저도 여러분을 볼 수 있어요."

애들은 어리둥절한 표정이었지만 별 흥미를 느끼지 못하는 것 같았다. 이미 나는 애들의 관심을 사로잡는 데 실패했다.

"인터넷에서는…."

하지만 나는 곧 말을 멈추고 머뭇거렸다. 서너 명 정도는 관심을 기울이는 것처럼 보였다. 인터넷은 모두 좋아하는 주제니까. 마치 어떤 이야기인지 알아채기라도 한 것처럼 폴라 리구리의 얼굴이 하얗게 질렸다. 내가 무슨 이야기를 하려는지 눈치챈 모양이었다.

나는 다시 말을 이었다.

"인터넷에서 여러분은 얼굴을 보여주지 않아도 됩니다. 이름을 알려주지 않아도 되고요. 그리고 원하는 만큼 최대한 잔인해질 수도 있습니다."

내 얼굴로 날아든 주먹

다시 생각해보니 얼굴을 심하게 얻어맞은 건 아니라는 생각이 든다. 싫지 않았다. 그렇다고 딱히 권하고 싶은 생각은 없지만.

"좋았어! 얼굴에 한 방 날려봐. 진짜 끝내주거든. 허벅지 쪽을 때릴 때보다 훨씬 효과도 좋고 힘도 절반밖에 들지 않아!"

사실을 말하면, 퍼거스가 주먹으로 나를 퍽 때렸고 나는 풀썩 나가떨어졌다. 주먹에 맞은 것보다 땅바닥에 넘어진 게 훨씬 더 아팠다. 내 얼굴로 날아든 퍼거스의 주먹을 깔봐서가 아니라 콘크리트 바닥이 정말이지 너무 딱딱했다.

놀랍게도 별은 보이지 않았다. 작고 예쁜 새들이 나타나 짹짹 지저귀며 머리 위를 빙빙 돌지도 않았다. 지금까지 루니 툰 만화에서 봐왔던 그런 현상은 없었다. 주먹 한 방에 주저앉았고 머리통이 욱신거렸지만 깨지지는 않았다. 그뿐이다. 퍼거스는 내 오른 눈 바로 아래로 주먹을 날렸다. 다들 알다시피, 퍼거스는 왼손잡이니까.

강단이 있는 애라면 비틀거리며 뒤로 물러서긴 해도 계속 버티고

서 있었을 거다. 나는 아니었다. 나는 흐물흐물한 해파리처럼 털썩 주저앉고 말았다.

주먹 한 방에 상황 종료.

주먹에 담긴 의미가 무엇인지 정확하게 알아들을 수 있었다.

놀라운 일은 우르르 몰려들어 구경하고 있던 애들 가운데 겁을 먹은 사람은 정작 퍼거스와 아테나뿐이었다는 사실이다. 내가 발표 수업 시간에 애들 앞에서 한 고백에 마음이 흔들린 모양이었다. 입을 다물겠다는 규칙을 나는 이미 깨트렸다. 나는 모건한테 내가 어떤 짓을 했는지를 하나도 숨기지 않고 다 말했다. 차마 입에 올리기 힘든 이야기였다. 그 누구도 하고 싶지 않은 일을 내가 했다. 그리고 가담한 친구들을 단 한 명도 지목하지 않았는데도 아테나는 진짜 겁을 먹은 게 분명했다.

바닥에 주저앉아 올려다보니 아테나는 그렇게 예쁘지도 않았다. 방금 독이 든 사과 한 개를 꿀꺽 삼킨 사람처럼 보였다. 아테나의 영혼 속에 든 사악한 기운 탓에 아테나는 점점 속속들이 썩어가고 있었다.

모건의 자살 이후 일어난 여러 가지 일들은 아테나를 궁지로 몰아넣었다. 아테나는 뭐랄까, 바닥에 떨어트린 값비싼 유리 꽃병 같았다. 모건이 목숨을 버린 당사자라면 아테나는 우리의 비난을 한 몸에 받는 당사자가 되었다. 처음에는 당당한 얼굴로 콧방귀도 뀌지 않았지만, 시간이 갈수록 금이 가기 시작했다. 아테나가 모건을 괴롭힌 주동자라는 사실이 모두 드러났다. 어떻게 보면 아테나는 자기가 만들어낸 왕따 게임의 희생자였다. 아테나의 꼬리표에는 이렇게 쓰여 있었다. **왕따 주동자.** 아테나의 친구들이 하나씩 하나씩 자취를 감추었다. 여전히 흔들림 없이 충성을 바치는 퍼거스마저 없었다면 아테나는 진짜 외톨이가 되었을지도 모른다.

아테나가 다른 도시에 있는 사립학교로 전학을 간다는 소문이 돌았다.

"잘됐네." 우리는 입을 모아 말했다.

어느 날 아침 아테나 집 앞마당 잔디밭에 '집 팝니다'라고 쓰인 팻말이 세워졌다. 고소, 손해배상금, 그리고 재판에 대한 소문도 나돌았다. 여왕의 시대는 막을 내렸다.

나는 여전히 땅바닥에 앉아 있었다. 얼굴을 맞고 퍽, 쿵, 윙, 윙, 빙그르르 나가떨어져서 말이다.

"일어나." 퍼거스가 다그쳤다.

(그러면 나를 다시 때릴 수 있을 것 같아? 그렇게는 안 될걸.)

"내버려둬. 그만해. 가자, 퍼거스." 아테나가 말했다.

둘은 자리를 떴다.

나는 머리가 맑아질 때까지 기다렸다. 그리 끔찍한 기분은 아니었다. 꼭 평일에 눈을 뜨고 베개에서 겨우 머리를 떼고 침대에서 벌떡 일어나 방바닥에 발을 디딜 때와 비슷한 느낌이었다.

뜨거운 물로 샤워하고 싶었다. 뜨거운 물에 몸을 푹 담그고 싶었다. 모건이 "뜨끈뜨끈한 물속에 몸을 담그면 마음이 편해져"라고 말한 적이 있었다. 그 말이 정말인지 확인해볼 때가 왔다.

두드려 맞았는데도 한편으로는 마음속 깊이 벅차올랐다. 백만 달러를 손에 쥔 것같이 끝내주게 멋지고 행복했다.

(정말 이상하지?)

나는 내 인생이 더 나쁜 길로 접어드는 걸 막았다. 이제 나는 나쁜 녀석들의 적이 되었다. 그 자체만으로도 무척 기분이 좋았다. 입 안에서 처음 느껴보는 달착지근한 맛이 났다. 그런데 침을 뱉고 나서야 그게 뭔지 알았다.

세상에, 피잖아.

문을 두드렸다

그 일을 해야겠다고 마음먹었다.

반드시 해야만 하는 일이었다.

나는 어제 모건의 집 현관문 앞에 서 있었다.

나는 숨을 훅 들이마셨다가 내쉬고 또 한 번 들이마셨다 내쉬었다.

폭풍 속에 서 있는 버드나무처럼 좀처럼 잔잔해지지가 않았다.

마침내 문을 두드렸다.

왈, 왈, 왈왈왈, 왈!

래리를 까맣게 잊고 있었다. 미치광이 대걸레.

터무니없게도 갑자기 박하사탕이 하나 있었으면 하는 생각이 간
절했다. 손바닥에 대고 숨을 훅 불었다. 웩, 토하겠네. 내가 지금
여기서 뭐 하는 거지?

시간이 흘렀다.

현관문이 삐걱거리며 열렸다.

모건 엄마가 문 안에서 숨을 쌕쌕 몰아쉬며 내가 누군지 궁금한

표정으로 밖을 내다봤다. 얼굴에 이렇게 쓰여 있었다.

이건 또 뭐야. 어머, 얘는 누구야, 도대체?

내가 좋아하는 것

내가 좋아하는 것을 두서없이 죽 써봤다.

나는 연장전까지 가는 야구 경기를 좋아한다. 우리는 연장전을 '공짜 야구 경기'라고 부른다. 나는 숙제를 하지 않아도 되는 주말에 여동생이 도톰한 입술 가에 침을 똑똑 흘리면서 잠자는 모습을 지켜보는 걸 좋아한다. 내 침대 위에 이불이 더할 나위 없이 깔끔하게 개켜져 있으면 참 좋다. 꽁꽁 언 냉동 완두콩 봉지를 퉁퉁 부은 얼굴에 갖다 댈 때 드는 차갑고 무딘 느낌도 좋다. 나는 또 수업 끝을 알리는 종소리, 복도에서 사물함 수백 개가 경쾌하게 쾅 닫히는 소리, 빨리 가자며 서로 불러대는 시끌벅적한 소리를 좋아한다. 웃기게 생긴 고양이가 등장하는 재미있는 비디오도 좋아한다. 예전에 간 휴가, 캠핑, 거기서 카드놀이로 푼돈을 땄던 기억을 떠올리는 걸 좋아한다. 고요하고 포근한 날 밤하늘에 뜬 별도 좋다. 야구방망이를 휘두를 때 나는 소리, 내야수가 공을 놓칠 때 나는 소리, 포수가 미트로 속구를 잡을 때 연이어 나는 쉭, 탁 소리가 좋다. 나는 여자애를 보면 '와' 하고 감탄할 때 드는 느낌이 좋다. 그냥 '와' 하는 그 느낌만이다. 다른 애들이라면 어떻게 해서든 여자애 옆에 서보려고 갖은 방법을 다 짜내겠지만 말이다. 나는 나 먹으라고 사다 놓은 새 시리얼 상자를 좋아한다. 라디오를 켜자마자 좋은 노래가 흘러나올 때 참 기분이 좋다. 나는 웃음소리를 좋아하고 약속 지키기를 좋아한다. 그리고 공터에서 다정하게 흔들던 손짓을 좋아한다. 속에 늑대 영혼이 들었는지 왈왈왈 사납게 짖어대는 정신 나간 모건의 강아지마저 좋다.

내가 살아 있어서 좋고 지금 이 순간 내 인생이 올바르다고 말할 수 있어서 좋다. 그래, 맞아, 옳아.

말

래리가 왈왈왈 짖으며 내 신발로 덤벼들었다.

"래리야, 너 나 알지, 맞지?" 내가 말했다.

"그런데 넌 누구니?" 모건 엄마가 물었다.

딱히 대답할 말이 떠오르지 않았다. 실은 모건 엄마를 보게 될 줄은 생각지도 못했다. 예상 밖의 일이었다. 어쨌거나 거대한 몸집에 엄청나게 큰 꽃무늬 실내복 원피스를 입은 모건 엄마가 내 앞에 서 있었다. 몸무게가 130킬로그램 이상 나갈 것 같았다. 모건 엄마한테서 버터 스카치 사탕 냄새가 풍겨 왔다. 그리고 희미하게 술 냄새도 나서 모건이 생각났다.

모건 엄마는 문을 반만 열고 여차하면 쾅 닫을 만반의 준비를 하며 나한테서 의심의 눈초리를 거두지 않았다.

(저는 샘이에요. 샘이 저라고요.)

얼른 입을 떼야 했다. 우리 부모님도 그렇고 레인웨이 선생님, 그리고 모건까지 주위 사람들 모두 내가 입을 떼길 바랐다.

"그냥 입을 떼. 간단하잖아. 한번 해봐. 한 마디만 해봐. 먼저 네 이름부터 말하면…."

모두 나한테 이렇게 말했다.

진짜?

그렇게 하면 뭐가 좋은데? 내 이름은…

쓸모.

없.

음.

책 읽기

모건은 〈벨 자〉 속 여기저기에 자그맣게 체크 표시를 해두거나 밑줄을 그어놓았다.

책 속 어디에서도 내 이름을 찾지는 못했다. 나만 알아볼 수 있는 비밀 메모도 없었다. 정말이다, 내가 다 살펴봤다.

'나는 눈을 감았고 온 세상도 잠들었다'라는 구절에는 빨간색 밑줄을 그어놓았다.

'나는 나를 아는 사람은 단 한 명도 올 수 없는 곳에 있고 싶었다'라는 구절에는 별 표시를 여러 번 해두었다.

(오, 모건.)

별 표시를 해둔 또 다른 문장도 있었다. '나에겐 손꼽아 기다릴 만한 일이 하나도 없었다.'

〈벨 자〉에는 이런 구절이 많았고 모건 생각도 비슷했던 모양이다. 모건은 마음속 깊이 슬픔과 함께 내가 건드릴 수 없는 어둠도 간직하고 있었다. 모건이 책을 읽다가 펜을 들어 중요한 문장 아

188

래에 줄을 긋고 문장 옆 빈자리에 별을 여러 번 겹쳐 그리는 모습을 떠올리고 있자니 기분이 이상해졌다.

책 읽기는 세상에서 가장 외로운 일이다.

하지만 모건이 줄곧 나와 함께 있었다.

신기했다. 책 덕분에 모건과 나는 더 가까워졌다. 시간을 거스르고 불가능해 보이기만 하는 둘 사이의 거리마저 좁혀졌다. 우리 둘은 함께 책을 읽었다.

넌 누구니

"그런데 넌 누구니?"

나는 현관문 앞에 꼼짝도 않고 서 있었다. 경련이 일어 입이 씰룩거렸다.

"누구야?"

모건 엄마는 내가 직접 누군지 밝히기를 원했다. '제가 누군지 저도 잘 모르겠네요'라고 말하려는데 다른 말이 튀어나왔다.

"안녕하세요. 저는 따님과 같은 학교에 다녔어요."

"소피 말이니? 소피는 위층에…."

모건 엄마는 잠깐 헷갈렸는지 이렇게 대답했다. 그러다 표정이 변했다. 내가 '다녔어요'라고 과거시제로 말한 게 맘에 걸린 모양이었다. 의심 가득하던 표정이 갑자기 어두워지더니 모건 엄마가 한 손으로 문기둥을 잡고 몸을 간신히 버티고 섰다.

나는 시선을 어디다 둬야 할지 몰라 모건 엄마를 지켜보며 서 있었다.

"들어와라. 그래, 이름이 뭐니?"

모건 엄마가 무표정한 얼굴로 내 이름을 다시 물었다.

"샘이에요."

그 말 말고 딱히 할 말이 없었다.

(내 죄책감 탓이겠지.)

내 손가락 피부를 벗겨낼 수 있으면 좋겠다는 생각을 했다. 여기, 제 지문 받으세요. 제가 한 짓을 분석하시면 저한테 하실 말씀이 있을 겁니다.

모건 엄마 뒤편으로 2층으로 올라가는 계단에 서 있는 소피의 모습이 보였다.

"샘?"

입고 있는 반바지와 티셔츠가 소피에게 잘 어울렸다. 소피는 왜 내가 집으로 찾아왔는지 모르겠다는 표정이었다. 아니, 나도 모르겠다. 소피는 꽤 영리했다. 어쩌면 소피는 다 알고 있는지도.

"안녕."

사과

모건 엄마는 현관문을 열어주고는 거실에 놓인 큼지막한 소파로 가서 깊숙이 기대앉았다. 오페라에서나 듣던 노래가 흘러나왔다. 모건 엄마는 더는 나를 쳐다보지도 않았다. 래리를 안아 무릎 위에 올리고는 통통한 손가락으로 귀를 긁어줄 뿐이었다.

모든 게 다 좀 이상했다.

소피가 엄마한테 뭐라고 소곤거리더니 자기가 동굴이라고 부른다는 작은 골방으로 나를 데리고 갔다. 벽에 어두운 색 판지를 댄 방 안은 블라인드가 내려져 있었다. 블라인드 사이로 새어 들어오는 빛줄기를 따라 둥둥 떠다니는 먼지가 눈에 들어왔다. 퀴퀴한 냄새가 났다. 우리는 켜지지도 않을 것같이 낡아빠진 텔레비전 앞에 놓인 긴 소파에 앉았다.

소피는 자기 집인데도 제자리를 찾지 못한 듯 어색해 보였다. 모건도 스쳐 지나가기만 하는 이방인 같은 그런 기분을 늘 느낀 게 아닐까 궁금해졌다.

"집까지 찾아오다니 진짜 깜짝 놀랐어." 소피가 말했다.

"미리 전화할 걸 그랬네. 미안, 내가 좀 멍청하잖아. 나, 지금 가야겠지? 집까지 찾아온 건 잘못한 것 같아, 그렇지? 가는 게 좋겠어."

내가 몸을 일으키자, 소피가 한 손을 내 다리에 갖다 댔다. 있어도 괜찮아라는 뜻이었다.

나는 다시 앉아 방 안을 둘러봤다. 그림이나 사진, 책 한 권조차 없어서 그리 기분이 좋아지는 방은 아니었다.

"그런데, 왜 왔어?" 소피가 침묵을 깨고 입을 열었다.

"꼭 할 말이 있어서 왔어. 모건 얘기야."

소피가 마치 한 대 칠 준비라도 하는 것처럼 어깨에 힘을 잔뜩 주고 침을 꿀꺽 삼켰다.

"좋아."

"지난번에 나하고 꼭 얘기해야 한다고 말했던 거 기억나? 나중에 다시 생각해보니까 누나를 위해서가 아니었어. 나를 위해서였어. 내가 아는 사람 중에 모건을 잘 아는 사람은 누나뿐이잖아."

소피가 반지에 손을 대더니 꽉, 정말 꽉 움켜쥐었다. 반지가 제자리에 있다는 걸 확인이라도 하는 모습이었다. 나는 소피의 표정을 읽을 수 없었고 무슨 생각을 하는지도 전혀 알 수 없었다.

"모건과 난 친구였어. 그런데 실은 내가 모건한테 좋은 친구가 아니었던 것 같아."

"그런 얘긴 안 해도….

"아니, 꼭 해야 해."

나는 소피의 말을 끊고 여태까지 있었던 일을 모두 이야기했다.

다행히 소피는 즐거운 이야기부터 모건이 잔인하게 괴롭힘을 당한 이야기까지 단 하나도 빼놓지 않고 들어주었다. 듣는 내내 소피는 고통스러운 표정으로 손을 무릎 위에 다소곳이 포갠 채 다리를 이리저리 꼬았다가 풀었다가 다시 꼬았다. 나는 이야기를 털어놓는 동안 소피가 내게서 더욱더 멀리 떨어지려 하는 걸 느꼈다. 둘 사이에 눈에 보이진 않지만 뭔가 강력한 힘을 서로 뿜어내며 대결을 벌이는 것 같았다.

"사과하려고 찾아왔어. 누나한테 미안하다고 꼭 말해야 할 것 같아서."

나는 이렇게 말하고 용서를 바라는 마음으로 소피의 얼굴을 쳐다봤다.

소피가 갑자기 몸이 몹시 불편한 사람처럼 벌떡 일어서더니 나한테서 등을 돌리고는 벽을 향해 소리쳤다.

"진짜 네가 한 이야기가 전부니? 용서받으려고 왔다고? 그러면 네 마음이 편해지니?"

"내가 꼭… 바라는 건… 아무것도 없어."

내가 겨우 대답하자, 소피가 몸을 돌려 나를 보고 소리 질렀다.

"네가 사과한다고 내 동생이 살아 돌아와?"

소피의 목소리는 점점 더 신랄해졌고, 복수심에 불타올랐다.

"난 네 사과 안 받아, 샘. 알겠니? 네 하찮은 사과 따위 안 받는

다고. 사과만으론 모자라지. 안 돼. 절대로, 영원히 안 돼."

나는 깊은 좌절감을 느끼며 힘이 쭉 빠져 그대로 앉아 있었다. 이제껏 털어놓은 모든 이야기가 나를 또 망쳤다. 또 끔찍한 실수를 하나 저지른 셈이다. 나는 어딜 가든, 뭘 하든 늘 일을 망치기만 한다.

나는 정말, 할 말이 단 한 마디도 떠오르지 않았다.

"그만 가줄래?"

소피의 말투는 차분하고 조심스러웠지만 얼음장처럼 차가웠다.

"그리고 샘. 네 얼굴을 절대로 다신 안 봤으면 좋겠어."

소피가 덧붙였다.

도대체 왜?

모건은 노래 부르기를 좋아했다. 내가 아직 말 안 했나? 목소리
가 그리 예쁘지는 않았다. 그래도 모건은 노래를 부를 때면 몹시
들떠서 즐거워했다. 꼭 나뭇가지에 앉은 새처럼 노래 부를 때 모건
은 그 어느 때보다 행복해 보였다.

나는 모건이 공동묘지에서 하늘, 구름, 별 무리를 향해 있는 힘
껏 아무렇게나 노래하던 모습을 떠올리는 게 좋다. 라디오에서 자
주 듣는 인기 가요, 시시한 디즈니 영화 주제곡, 외우기 쉬운 랩 등
모건은 가리지 않고 불렀다. 하지만 모건은 〈오즈의 마법사〉 주제
곡인 '무지개 너머 어딘가(Somewhere Over the Rainbow)'를 가장 좋
아했다. 모건이 부르는 걸 들으면서 나는 조금씩 가사를 외웠다.
모든 근심이 레몬 사탕처럼 녹아버리지.

특히 한참 동안 끝날 듯 말 듯 이어지는 끝부분이 정말 좋았다.
왜… 도대체 왜… 난 날 수 없을까?

그건 그냥 평범한 노래였다. 모건이 그 노래를 부르는 걸 듣기

196

전까지는.

　모건의 노랫소리에서 나는 처음으로 모건의 목소리에 담긴 상처
를 들었다.

꿈이 이루어지는 곳

그리고 모건은 평온을
찾았겠지. 그리고 모건은…
우리를 용서하겠지.

난 이 세상이 싫어

떨어진다, 떨어졌다, 떨어지고 말았다.

차마 말로는 다 할 수 없는
이야기가 있다.

단 한 사람

소피에게 다시는 내 얼굴을 보고 싶지 않다는 말을 들은 지 일주일이 지난 어느 날, 나는 학교 정문 옆에서 나뭇가지에 앉은 대머리독수리처럼 누군가를 기다리고 있는 소피를 발견했다.

소피를 피해 멀리 돌아서 들어가려고 했는데 소피가 내 앞을 딱 가로막았다.

"나랑 같이 좀 가자." 소피가 말했다.

"어디?"

"여기서 좀 멀어."

소피는 이미 학교 반대쪽으로 걸어 내려가고 있었다.

"잠깐만, 그런데 수업이…."

"넌 오늘 지각이야. 그렇다고 세상이 끝나진 않아. 열 시 전에는 교무실에서 집으로 전화 안 해. 그러니까 그 전에만 돌아오면 돼. 아무도 모를 거야. 게다가 넌 나한테 빚이 있잖아."

지각생 몇 명이 학교 안으로 들어갔다. 교문이 닫혔다.

"어디로 가는데?"

"커피숍."

"거긴 다섯 블록이나 가…."

나는 버텨보려고 했지만 소피는 들은 체도 하지 않았다.

우리는 말없이 걸었다. 소피의 발걸음은 아주 단호했다. 소피는 고개를 들고 앞을 똑바로 보며 걸었고, 나는 처량한 강아지처럼 뒤를 졸졸 따라갔다. 카페 안으로 들어가자 소피가 계산대에 있는 곱슬머리 남자와 인사를 주고받았다.

"안녕, 소피. 학교에 있어야 할 시간 아니니?" 남자가 물었다.

"화재 대피 훈련을 하는 날이에요."

소피가 대답하더니 까다롭게 커피 한 잔을 주문했다.

"넌 뭐 마실 거야?" 소피가 물었다.

"돈이 하나도 없어."

"그럴 줄 알았어. 나, 돈 있어."

계산대에 선 남자가 심드렁한 표정으로 나를 쳐다봤다. 겨우 아침 8시 30분인데 남자는 이미 만사가 귀찮은 표정이었다.

"알았어. 그럼… 따뜻한 코코아 한 잔 주세요."

"컵 사이즈는?"

"네? 아, 음, 작은 게 좋겠네요."

"생크림은?"

"네, 주세요."

소피와 나는 가정집 거실 비슷하게 꾸며놓은 곳으로 가서 탁자에 앉았다. 깜빡거리는 노트북과 휴대폰만 뚫어지게 들여다보는 커피 중독자 몇 명을 빼면 거의 비어 있었다.

소피가 커피를 조금 마셨다.

"여기서 저녁이랑 주말마다 아르바이트하기 전까지만 해도 난 커피를 입에도 대지 않았어. 일단 커피에 빠지면 커피 없인 아침에 정신을 차릴 수가 없다니까."

나는 따뜻한 코코아를 맛봤다. 무척 맛있었다. 나야 커피가 무슨 매력이 있는지를 전혀 모르니 아무 말도 하지 않았다.

소피가 손가락으로 자기 코를 톡 치면서 내 코에 묻은 생크림을 닦으라는 신호를 보냈다.

"네가 우리 집에 왔다 간 뒤로 계속 생각해봤어. 네가 뭐라도… 하려고 노력해줘서 고마워."

소피는 놀랍게도 이렇게 말하더니 잠시 말을 멈추고 힘겹게 미소까지 지어 보였다.

"정말 귀한 일을… 해줘서… 지난번에."

방금 미소를 지은 게 후회되는 듯 소피가 눈을 내리깔고 입을 꽉 다물었다.

눈을 내리까는 모습이 왠지 눈에 익었다. 바로 그 순간 나는 깨달았다. 소피의 여동생, 모건이 똑같은 표정을 짓는 걸 본 적이 있었다.

"난 네가 미웠어." 소피가 차분히 말을 이었다. "아직도 화가 나. 너한테도 그렇고 인터넷에서 몹쓸 짓을 한 바보 멍청이들도, 우리 부모님도, 이 세상도, 그리고 모건한테도."

소피가 커피 컵에 끼워놓은 마분지 띠에 손을 갖다 댔다.

"네가 우리 집에 찾아온 날. 난 '저런 딱한 녀석' 하고 생각했어. 말도 안 돼. 나쁜 사람이 너뿐이라고 생각하니?"

"아니."

나는 고개를 저으며 힘없이 대답했다.

"나쁜 짓은 나도 했어. 나도 모건 편이 돼주질 않았잖아. 내가 그랬어야지. 나도 죄책감이 들어. 그러니까 너만 잘못했다는 생각은 하지 마. 알겠니? 차례를 지켜야지."

"그런 생각은 해보지 않아서…."

"난 누구한테 사과해야 하니? 너한테? 우리 부모님께? 정작 사과를 받을 사람은 단 한 사람뿐인데, 그 애는 지금 여기 없잖아."

어떤 아줌마가 우리를 흘낏 쳐다보는 모습이 우리 이야기를 엿들으려는 게 분명했다. 아마 자기가 아직 완성하지 못한 삼류 소설에 넣을 새로운 등장인물을 찾고 있는지도 모른다. 내가 매섭게 노려보자 아줌마가 시선을 돌렸다.

"모건이 네 얘길 했었어." 소피가 목소리를 낮추고 말했다. "몰랐지? 네가 내 사물함 여는 걸 도와주기 전부터 난 널 알고 있었어."

"잠깐만, 뭐라고? 누나가 날 알고 있었다고?"

"모건하고 난 자매잖아. 세상에서 가장 친한 자매 사이는 아니었을지 모르지만 밤늦도록 자주 수다를 떨곤 했거든."

나는 처음 듣는 이 이야기를 잘 받아들이려고 애쓰면서 자세를 고쳐 앉았다.

"모건이 내 얘길 어떻게 했는데?"

"모건은 널 좋아했어. 모건 말이, 넌 좋은 달걀이라고 했거든."

"좋은 달걀이라고?"

(도대체 무슨 말이지? 달걀이라니?)

소피가 어깨를 으쓱했다.

"모건 말이 그랬어. 모건은 네가 지구에서 자기를 다른 애들과 똑같이 대해준 몇 안 되는 사람 중 하나라고 했어."

"내가 늘 잘해준 건 아니야. 나쁜 짓도 좀 했고."

"맞아, 넌 완벽한 친구는 아니었어. 가끔은 다른 남학생들처럼 바보 같은 짓도 했겠지."

소피의 말에 나쁜 뜻은 전혀 없어 보였다. 소피가 자상하게 눈을 깜빡이더니 몸을 앞으로 숙였다.

"그러니까 가끔 안 좋은 친구일 때도 있었다는 뜻이야, 알지? 모건은 예전에도 자살 시도를 했었어. 1년도 더 된 일이야. 봄방학 하기 전이었던가, 모건이 술에 취해 수면제를 먹었어. 내가 욕실 바닥에서 잠든 모건을 발견하고 911에 신고했어. 루스벨트 병원의 의사와 간호사들이 모건의 가슴을 마구 눌러댔지. 모건이 너한테 이 얘길 한 적은 없지?"

나는 너무 놀라서 말문이 막힐 뻔했다.

"그땐 내가 모건을 알지도 못했어."

소피가 눈썹을 찡긋거리고는 희미하게 웃었다.

"내 말 잘 들어. 너 말고 다른 이유가 있었어. 아무도 모르지만. 우리 부모님은 너무 부끄럽다고 하셨어. 특히 아빠는 더 심했고. 진짜 충격을 받으신 것 같았어. 아빠와 엄마는 그 일을 비밀에 부치기로 마음먹었지. 모건은 일주일 뒤 다시 학교에 갔고 우리 가족은 아무 일도 없었던 것처럼 지냈어. 한동안은 괜찮았어."

우리는 말없이 각자 남은 커피와 코코아를 마셨다. 코코아가 차갑게 식어 있었다. 나는 휴대폰으로 시간을 확인했다.

"저기, 난 3교시에 수학 시험도 있어."

하지만 소피는 꼼짝도 하지 않았다. 아직 할 말이 남은 모양이었다.

"네가 나한테 용서해달라고 했잖아. 난 용서가 어떻게 생겼는지조차 몰라, 알겠어? 네가 한 짓이 다 괜찮다는 뜻은 아니야. 그렇다고 네가 다른 애들만큼 나쁘다는 뜻도 아니고. 그리고 난 잊지 않을 거야. 용서하면 잊을 수 있다고? 아니, 내 생각은 달라. 용서하면 기억할 수 있어. 그게 네가 가질 수 있는 가장 큰 희망이야."

소피가 잠깐 말을 멈추고 커피 컵 옆을 손톱으로 긁었다.

나는 기다렸다. 레인웨이 선생님에게 배운 기술이었다. 선생님은 거북이처럼 웅크리고 앉아서 내가 아무 말도 하지 않을 때면 쓸데없이 빈말을 늘어놓거나 하지 않았다. 선생님은 늘 내가 이야기할 수 있도록 기다려주었다. 내가 생각을 정리하고 말로 만들 '시간'을 준 거였다.

소피는 이제 커피 컵 윗부분 가장자리를 찢고 있었다.

"난 너나 다른 사람을 용서할 정도로 강하지 않아. 하지만 언젠 간 그렇게 됐으면 해. 너를 위해서가 아니라 나를 위해서야. 내 여 동생이 죽었다는 사실에 얽매여 살고 싶진 않으니까."

"레인웨이 선생님 있지, 우리 학교 상담 선생님."

"응, 그 선생님 나도 알아."

"선생님 말씀이, 용서는 자신에게 주는 선물이라고 그러시더라."

소피가 눈알을 굴리며 깔깔거렸다.

"말이 그렇지." 소피가 중얼거렸다. "난 정말로 모건이 너 때문에 그런 행동을 했다고 생각하지 않아. 모건에겐 샘 프록터보다 더 심 각한 걱정거리가 있었어."

문득 그 책 생각이 났다.

"〈벨 자〉라는 책이 궁금해서 말인데, 내가 그 책을 그 일… 2주 뒤에 소포로 받았거든. 어떻게 그런 일이 있을 수 있는지 이해가 안 돼서 말이야."

소피의 오른 입꼬리가 씰룩거렸다. 한쪽 입꼬리만 씰룩거리면서 웃는 모습도 정말 모건과 똑같았다.

"너, 아주 멍청하진 않은 모양이네. 그 책, 내가 보냈어." 소피가 털어놓았다. "모건이 유서에 책을 너한테 보내달라고 썼거든."

계단에서

1주일 후 어느 날, 수업에 늦었다. 죽을힘을 다해 계단을 한 번에 세 개씩 밟고 올라가다가 하마터면 아테나와 부딪칠 뻔했다.

아테나는 층계참에 혼자 앉아서 난간에 몸을 기대고 있었다.

"어이쿠, 미안."

이 말을 하고 나서야 아테나를 알아볼 수 있었다. 추락한 여왕.

나는 다시 계단을 올라가다 잠깐 걸음을 멈추고 아테나를 돌아봤다.

아테나는 얼굴이 얼룩덜룩하고 눈도 부어 있었다. 내가 계단 위쪽에 서 있어서인지 아테나가 더 왜소해 보였다. 평범한 여학생이었다.

상처받고 외로워 보였다.

그리고 울고 있었다.

"너, 괜찮니?"

아테나가 고개를 저었다. 그랬다, 아테나는 괜찮지 않았다.

나는 공평한 일이라고 생각했다. 아테나가 고통스러워해서 다행이라는 생각이 들었다. 아테나 루이킨은 '고통받을 만한' 짓을 저질렀다.

나는 내키지 않았지만 한 칸, 한 칸 다시 계단을 내려가 아테나 바로 앞에 섰다. 꼭 알아야 할 일이 있었다.

"이유가 뭐야?"

아테나가 겁에 질린 표정으로 나를 올려다봤다. 내가 무슨 행동을 할지 몰라 불안한 것 같았다.

"너, 왜 그런 짓을 한 거야? 모건을 그렇게 미워한 이유가 뭐야?"

아테나가 한 걸음 뒤로 물러나 난간 구석에 바싹 붙어 섰다. 도망칠 곳이라곤 아무 데도 없었다. 텅 빈 학교 계단에 우리 둘뿐이었다. 우리 둘, 그리고 여전히 드러나지 않은 작은 비밀.

"밖에 나갈 수도 없어." 아테나가 속내를 털어놓았다. "수업도 들으러 갈 수 없고."

"너, 곧 이사 간다면서?"

"좀 더 있다가."

아테나가 코를 훌쩍이며 고개를 끄덕였다.

"난 모건하고 너 사이에 무슨 일이 있었는지 꼭 알고 싶어."

내가 계속 캐묻자, 아테나는 마치 도망갈 비밀 통로를 찾는 사람처럼 벽을 뚫어지게, 샅샅이 살폈다.

"옛날에 우린 친구였어."

아테나가 마침내 이야기를 시작했다.

"웃기지 않니? 까마득한 옛날이야기 같네. 우린 유치원에서 만났어. 난 내 생일파티에 늘 모건을 초대했어. 금요일 밤이면 서로 자기 집으로 불러서 놀다가 함께 자기도 했지. 무용 수업도 같이 들으러 다녔어. 그런데 2년 전, 내가 한 남자애를 좋아하게 됐어."

쓸쓸한 웃음을 감추며 아테나가 말을 이었다.

"난 그 남자애한테 집착했어. 내가 난생처음 한눈에 반한 애였으니까. 모건은 그런 내 마음을 다 알고 있었지. 모건한테 하나부터 열까지 내가 다 얘기했으니까. 그런데도 모건이 그 남자애를 좋아했어. 그 애는 내 남친이었어. 내 남친이었다고. 그러던 어느 날, 모건이 나 몰래 내 남친하고 같이 있는 걸 발견했어. 모건이 그 애한테 키스를 하고 그 애는 모건을…."

아테나가 몹시 추운 듯 심하게 몸을 떨었다. 내 눈을 똑바로 보면서 아테나는 말을 이었다.

"그건 걸레 같은 애들이나 하는 짓이잖아."

남자친구. 멍청한 녀석 하나 때문에 모든 고통이 시작되었고 결국 모건마저 잃게 되다니.

"그게 시작이었어?"

"그리고 끝이기도 했지." 아테나가 대답했다. "그 뒤로 우린 말한 마디 안 했거든."

다시 예전처럼 화가 난 모양인지 아테나의 눈이 분노로 이글거렸다.

"난 모건이 미웠어. 모건은 내 절친이었어. 난 절대로 모건을 용서 못 해. 절대로."

"이젠 널 용서할 사람이 아무도 없겠지. 네 꼴이 얼마나 우스워졌는지 좀 봐."

나는 등을 돌리고 다시 계단을 올라갔다.

맨 위쪽 계단에서 나는 마지막 화살을 날렸다.

"아테나, 얼굴 좀 닦아라. 진짜 못 봐주겠어."

유서

어느 날 오후, 소피와 같이 걷다가 자연스럽게 소피 집까지 갔다. 학교 수업이 끝나고 함께 집으로 걸어가는 여느 친구들 모습과 다를 바 없었다.

"유서가 있었어?"

침묵이 길게 이어졌다. 말하기가 무척 힘든 일이니까.

나는 지금 소피를 끔찍한 곳으로 다시 밀어 넣을 만큼 심한 질문을 한 셈이었다. 시간이 얼마나 흘렀는지는 전혀 상관없는 일이었다. 소피가 내 질문을 못 들은 척한다 해도 이상할 게 없어 보였다. 금방이라도 비가 퍼부을 듯 하늘에 먹구름이 잔뜩 몰려든 것 같은 무거운 기운이 우리 둘 사이를 가득 메웠다.

"응."

마침내 소피가 입을 열었다.

"그리고?"

나는 자세히 알고 싶었다.

"비밀이야."

소피의 목소리에서 굳게 닫힌 문 같은 단호함이 전해져 왔다. 소피는 나를 쳐다보지도 않고 저 멀리 수평선 너머로 눈길을 돌렸다. 새 두 마리, 잎이 무성한 나뭇가지, 그리고 소피의 마음속에서 영원히 사라지지 않을 급수탑을 바라보는 것 같았다.

나는 기다렸다. 반드시 알아야 했다.

"사실, 모건이 정말 많은 얘길 써놨어. 그중엔 정말, 진짜로 좋은 얘기도 있고…."

소피는 목이 꽉 잠겨 말을 잇지 못했다. 울지 않으려고 안간힘 쓰고 있었다. 지금 내가 보는 앞에서 울고 싶지 않은 모양이었다.

나는 소피의 등에 손을 얹었다. 소피의 몸이 살짝 들썩거리는 게 느껴졌다.

"모건이 쓴 유서는 영원히 모건하고 나만 알고 있을 거야."

소피가 말했다.

나는 소피의 옆에서 묵묵히 걸었다. 가끔은 정말 말이 전혀 없어도 될 때가 있다. 옆에 있어주는 것만으로도 충분하다.

나는 모건이 나에 대해 어떤 이야기를 썼는지 감히 묻지 못했다. 아마 영원히 알 수 없겠지.

보석가게

나 혼자서는 그 일을 할 수 없다는 사실을 잘 알고 있었다. 여자애들이 어떤 걸 좋아하는지 내가 어떻게 알아? 그래서 급작스럽게 소피에게 도와달라고 부탁했다.

소피는 내가 꼭 하고 싶은 일이 뭔지 듣고 나서도 쉽사리 믿으려 하지 않았다.

"그래서 나보고 도와달라고? 잘 모르겠어."

"모를 게 뭐 있어."

"좀 이상하잖아."

"그래도 섬뜩하진 않잖아. 그렇지?"

그렇게 말해놓고서 아차 싶었다. 마음속에서 또다시 누군가가 소리쳤다. 멍청이, 멍청이, 멍청이.

"아니, 아니야. 섬뜩한 일은 아니야. 사실 좋은 일 같아. 그래, 내가 도와줄게."

"어디로 가야 할지도 잘 모르겠어."

"어디 보자. 뭘 사려는 건데?"

나는 어깨를 으쓱했다. 아무리 생각해도 뭘 준비해야 할지 확실히 마음을 정할 수가 없었다. 그냥 끌리는 걸 사야 할 모양이었다.

그날 오후, 소피와 나는 학교에서 그리 멀지 않은 상점가에 있는 에일린 보석가게 앞에서 만났다. 내 주머니에는 40달러가 들어 있었다.

"들어갈까?" 소피가 말했다.

꼭 집어 말할 순 없지만 소피의 말투가 왠지 좀 딱딱한 느낌이 들었다. 우리 사이가 다시 서먹해진 것 같았다.

"응, 누나가 들어가도 된다면."

소피가 문을 밀고 들어갔다. 소피는 가게 안쪽 유리 진열장 쪽으로 나를 데리고 갔다.

"팔찌는 이쪽에 있어."

군데군데 밝게 탈색한 머리에 양쪽 끝이 뾰족하게 치켜 올라간 안경을 낀 여자 점원이 우리를 보고 웃으면서 물었다.

"찾는 물건이라도 있니?"

나는 눈길을 슬그머니 소피 옆으로 옮겼다.

"네, 팔찌 좀 보고 싶어요."

소피가 손가락으로 팔찌 몇 가지를 가리켰다.

"이거, 이거, 그리고 이것도 보여주세요."

여자 점원이 내가 생전 처음 보는 작은 열쇠로 유리 진열장 자물쇠를 열었다. 그런 다음 검은색 천 위에다 팔찌를 내려놓았다. 소피가 팔찌를 집어서 자기 손목 위에 올렸다.

나는 어깨를 으쓱했다.

"난 잘 모르겠어."

"둘이 만난 기념일 축하하려고 사는 거니? 너희, 정말 잘 어울리는 커플이야." 여자 점원이 말했다.

"네? 아닌데요. 이 누나 사주려는 게 아니라 이 팔찌는 다른…."

"전 팔찌 골라주려고 같이 왔어요. 남자애들 어떤지 아시잖아요." 소피가 굳은 표정으로 웃으며 대답했다.

"맞아요, 제가 이런 거 잘 몰라서요." 나도 한 마디 거들었다.

진열장 안에 든 물건 하나가 또 소피의 시선을 사로잡았다. 소피가 허리를 숙이고 그걸 가리켰다.

"이것도 보여주실래요? 자수정요."

여자 점원이 자수정 팔찌를 꺼내서 우리에게 보여주었다. 한눈에 이거다 싶은 생각이 들었다.

바로 그때 소피가 뒷걸음질을 치며 물러났다.

"아니, 아니야." 소피가 고개를 흔들며 말했다. "나, 이거 못 하겠어. 샘, 미안해. 이거 못 하겠어."

그러고는 더 이상 말하지 않고 몸을 돌려 가게 밖으로 걸어 나갔다.

"죄송해요. 제 생각엔, 제가… 이따가 다시 올게요. 꼭."

나는 급히 여자 점원에게 양해를 구하고 소피를 따라 밖으로 나갔다.

소피는 벽돌로 지은 건물 벽에 몸을 기대고 서 있었다. 해를 향해 고개를 든 채 눈을 감고 있었다.

"소피, 난 그게 아니…."

"샘, 도대체 너, 어쩌자는 거야?" 소피가 나를 보며 물었다.

나도 정확히 알 수가 없었다.

"모건한테 미안하다고 말할 방법을 찾고 있었잖아."

생각 끝에 나는 겨우 대답했다.

소피가 고개를 세차게 흔들면서 몸을 떨더니 눈길을 돌렸다.

"그래서 팔찌 하나면 모두 다 끝날 거 같아?"

"아니."

대답하면서 갑자기 화가 났다. 내 안에서 분노가 치솟아 오르는 느낌이 들었다. 소피의 기분이나 생각 따윈 더 이상 신경 쓰이지 않았다.

"그래, 어쨌든 내가 실수했나 봐. 누나한테 부탁하는 게 아니었어. 또 멍청한 실수를 해버렸네! 난 그런 놈이니까."

그러자 소피가 느닷없이 길거리에서 마구 깔깔댔다.

"넌 그런 놈이라고?"

큰 소리로 웃으면서 그렇게 내 말을 따라 했다.

우리 둘 사이에 흐르던 긴장감이 사라졌다.

"응. 난 늘 일을 망치기만 하잖아. 난 옳은 일을 해본 적이 없어. 하지만 소피 누나, 나 노력하고 있어. 진짜로 노력하고 있다고."

잠시 후, 우리는 다시 보석가게 안으로 들어갔다. 여자 점원은 아까 그 자리에 그대로 서 있었다. 하지만 큼지막한 가게 창문 너머로 우리를 지켜봤을 터였다.

"죄송해요."

"괜찮아. 이런 일이 얼마나 자주 일어나는지 알면 놀랄걸?"

여자 점원이 세심한 손놀림으로 앞쪽에 푸른 보석이 박힌 은팔찌를 진열장 위에 올려놓고는 살며시 우리 쪽으로 밀었다. 자수정 팔찌.

소피가 가격표를 확인했다. 56달러.

"모건이 좋아할 거야, 샘. 모건은 자수정을 좋아했거든."

나 자신이 너무 초라한 느낌이 들었다.

"좀 덜 비싼 거로 찾아보면 안 될까? 나, 40달러밖에 없어."

소피가 여자 점원과 눈빛을 주고받았다. 나로서는 이해할 수 없는 말 없는 대화랄까.

"음, 무슨 방법이 있는지 한번 보자." 여자 점원이 말했다. "얼마 전에 봄맞이 세일이 끝났는데, 점장님께 한번 말해볼게. 어쩌면 20퍼센트 할인 받을 수 있을지도 몰라."

"20퍼센트요?"

"20퍼센트 할인이면 괜찮겠어요. 고맙습니다." 소피가 재빨리 대답하고는 나를 보며 말했다. "모자라는 돈은 내가 줄게."

"정말?"

소피가 한쪽 입꼬리를 씰룩거리며 웃었다. 나는 그 표정에서 내가 알고 지냈던 여자애를 한 번 더 발견했다. 내 친구 모건.

"내가 그러고 싶어, 샘. 그래도 괜찮지?"

잠시 후, 우리는 밖으로 나와 상점 모퉁이에 있는 단풍나무 아래에 섰다. 내 손에는 포장된 상자 하나가 들려 있었다. 따뜻한 오후였다. 햇볕이 우리 머리 위로 쨍쨍 내리쬐고 있었다.

소피가 흘러내린 머리카락을 쓸어 넘겼다.

"고마워. 힘들었지만 같이 해서 큰 의미가 있었어."

"응. 누나 진짜 멋지더라. 누나 없었으면 난 절대 못 샀을 거야."

"내가 뭘랬어. 난 반은 공주야. 쇼핑도 좋아하지." 소피가 활짝 웃으며 말했다. "그런데 너무 궁금해. 팔찌로 뭘 어떻게 할 생각이야?"

나는 어깨를 으쓱했다.

"좀 복잡해."

우리는 서로 쳐다보며 잠시 가만히 서 있었다. 소피를 안아주어야 할지, 악수나 뭐 그런 걸 해야 할지 알 수가 없었다.

그래서 나는 그냥 소피를 안아주었다. 난생처음 어색하지도, 멍청하지도, 이상하지도 않았다. 잘했다는 기분이 들었다.

우리가 함께 또 하루를 견뎌낸 것 같았다.

마지막으로 모건을 보다

이 이야기를 믿을 사람이 있을까 싶다. 그래도 있는 그대로 써보려고 한다. 최대한 간단히 이야기할게.

이야기는 이렇다.

어느 날 늦은 오후, 나는 마지막으로 급수탑으로 걸어갔다. 해가 지고 있었다. 나는 숲으로 들어갔다. 주위엔 아무도 없었다.

급수탑 위로, 위로, 위로, 마침내 꼭대기까지 올라갔다.

모건이 서 있었다고 생각되는 바로 그 자리에 섰다.

모건이 몸을 던지기 전…

눈을 감았다.

모건이 내 옆에 있는 것 같은 느낌이 들었다.

그런데 정말 모건이 있었다.

내 눈앞에 모건이 나타났다.

모건의 얼굴과 몸이 하늘에 떠 있었다.

"안녕."

안녕, 모건도 인사했다.

"너, 모건 맞지?"

(활짝 웃기까지 하네? 진짜 모건인가?)

"모건, 너 진짜야?"

나처럼 자기도 진짜라고 모건이 대답했다.

"너를 볼 거라곤 전혀 생각 못…."

쉿, 모건이 속삭였다.

모건이 내 입술에 손가락을 갖다 댔다.

차가웠다.

몸이 덜덜 떨렸다.

"하지 못한 이야기가 너무 많아."

괜찮아, 모건이 대답했다.

"전혀 몰랐어. 네가 그런 일을 할 작정이었다는 걸…."

(내 눈이 뜨거워지더니 눈물이 흘렀다.)

그러지 마, 모건이 말했다.

"정말, 정말 미안해."

내 잘못이 아니라고, 내가 다정한 친구였다고 모건이 말했다.

"아니야, 그러지 못했어."

내가 다정한 친구였다고 모건이 다시 말했다.

우리는 함께 웃었다.

(진짜 그랬다.)

넌 노력했어, 모건이 말했다.

"난 실패했지."

모건이 다시 내가 많이 노력했고 많이 걱정해주었다고 말했다.

"아직도 널 걱정하고 있어."

모건이 그렇다고, 내가 자기를 걱정하는 걸 알고 있다고 말했다.

"너, 그러지 말았어야 했는데…."

쉿, 모건이 내 말을 막았다.

"하지만…."

자기는 너무 지쳐서 그런 선택을 할 수밖에 없었다고 모건이 말했다.

"나쁜 선택이었어."

미안하다고 모건이 말했다.

"너, 괜찮아?"

(아무런 대답이 없었다.)

"너, 괜찮아?"

모건은 아주 희미하게 웃었지만 눈빛 속엔 슬픔이 가득했다.

"넌 이곳에 계속 있어야 했어."

모건의 어깨가 살짝 들썩였다가 다시 내려왔다. 다시 한 번 들썩거리더니 제자리로 돌아왔다.

자기는 누구를 사랑한 적이 없다고 모건이 말했다. 단 한 번도. 그리고 자기한테 선물을 달라고 했다.

"그게 무슨 말이야?"

누군가를 사랑하라고, 오래 살면서 온 마음을 다해 그 사람을 사랑하라고 모건이 말했다.

"그럴게. 꼭 그럴게."

고맙다고 모건이 말했다.

"나도 고마워."

(그때 모건이 손을 흔들고 사라졌다. 아픔이 없는 곳, 죽음으로.)

나는 두 눈을 크게 뜨고 흔들리는 하늘과 저 아래 땅을, 그리고 바스락거리는 나뭇잎을 물끄러미 바라봤다. 꼭 마법에 걸려 내가 전혀 알지 못하는 곳에 있는 것 같은 기분이었다. 눈앞에서 모건의 모습이 점점 사라져갔다. 지금 이 땅거미 지는 순간의 만남이 모건과 나의 마지막이라는 사실을 알 수 있었다.

"가지 마."

대답이 없었다.

(갔다, 사라졌다, 가버렸다.)

나는 고개를 푹 떨구고 짧은 만남의 여운에 몸을 떨었다.

로미오와 줄리엣을 떠올렸다. 죽은 줄리엣을 본 로미오는 어떤 기분이었을까. 그보다 더 애통한 일이 또 있을까….

나는 그 자리에서 한 발도 움직이고 싶지 않았다.

진짜 모건이었다. 진짜였다. 그리고 나는 영원히 잊을 수 없을 거다. 내 입술에 닿았던 차가운 모건의 손가락을.

땅거미가 지고 곧 어둠이 찾아왔다.

순식간에 밤이 되었다.

그런데 이게 뭐지?

반딧불이 한 마리가 나타났다. 그리고 또 한 마리, 그리고 또 한 마리. 캄캄한 밤하늘에 기적처럼 반딧불이 떼가 갑자기 나타났다. 고요한 밤하늘에 반짝이는 불빛이 여기저기 떠다니다 사라지는가 싶더니 또다시 나타났다.

나는 고개를 마구 흔들면서 웃을 수밖에 없었다.

잠시 후 나는 급수탑 위를 주섬주섬 정리했다. 그런 다음 모건을 위해 산 팔찌를 그 자리에 두었다. 바람과 비, 영원한 어둠을 거두어달라고 빌며 고개 숙여 묵념하고 자리를 떠났다.

좀 더 다정하게

레인웨이 선생님이 잘 지내고 있냐고, 기분은 괜찮냐고 물었다. 나는 기분이 좋다고 대답했다. 듣고 있던 선생님보다 그런 대답을 한 내가 더 깜짝 놀랐다.

레인웨이 선생님이 내년에는 선택 과목으로 꼭 창작 작문 수업을 들어보면 어떻겠냐고 제안했다.

"진짜로요?"

"넌 분명 잘할 거야."

문제는 점심시간이 없어진다는 점이었다. 조금이나마 편히 쉴 수 있어서 나는 학교에 있는 시간 중 점심시간을 가장 좋아한다. 선택 과목을 들으려고 점심시간을 포기하면 복도를 걸어가면서 간식거리를 먹어야 한다. 점심시간을 건너뛰고 그렇게 이리저리 종종걸음하며 허둥대는 애들을 여러 명 봤다. 꼭 견과류를 갉아먹는 다람쥐들 같았다. 과다 성취자들. 나는 그런 부류가 아니었다.

한편으로는 레인웨이 선생님이 내 글을 좋아한다니 무척 기분이 좋았다. 나는 내 일기를 조금 선생님에게 보여드렸다. 다는 아니고 조금.

선생님은 나한테 글을 쓰는 재능이 있다고 했다.

"재능 이상이야. 넌 타고났어. 네 글을 보면 알아."

나는 입이 찢어질 정도로 기분이 좋았다. '으!' 하고 소리 지를 정도로.

아마 나는 글쓰기 수업을 듣게 되겠지. 결국, 해야 할 일이니까.

올해 나는 글을 쓰는 것과 글을 쓰는 내 모습을 좋아하는 법을 배웠다.

내가 실제로 쓴 글보다 글을 쓰면서 느낀 기분이 훨씬 더 중요하다.

바로 여기 빈 새하얀 종이 위에서 나는 진짜 나를 발견한다. 그렇다고 내가 글 속에 있는 나를 전부라고 생각하는 건 아니다. 정말 그렇지 않다. 하지만 일기를 쓰는 일이 내가 어떤 기분인지를 정확히 깨닫는 데 도움이 됐다는 건 확실히 알겠다. 무슨 말인지 알겠지?

(여전히 궁금하고 확실하지 않은 것들이 많다. 계속해!)

설명하긴 어렵지만 나는 내가 쓴 글을 읽고 나서야 내 생각을 알 수 있었다. 가끔 '와, 웃기고 앉았네'라는 생각이 들기도 하지만.

나는 계속 글을 써야 할 것 같다. 더 많이 읽고 더 많이 생각하려고 노력해야지. 내 말은 다른 사람들이 이미 쓴 수많은 이야기를 베끼지 않은 '나만의 고유한' 생각을 더 많이 해야 한다는 뜻이다.

'나만의' 좋은 이야기, 그리고 형편없는 이야기도.

나는 내 마음속 깊은 구석에서 몸을 웅크리고 기다리던 진짜 소년을 생각하게 되면서 더 성장했다. 조금씩, 조금씩, 조금씩 쪼아내다 보면 결국엔 진짜 내가 모두 드러나겠지.

돌덩이에서 만들어진 조각상처럼 말이다.

정반대의 경우도 있다. 인간은 모두 아무것도 없는 상태에서 살과 피를 가진 자신을 완성한다. 나뭇가지와 돌멩이, 라즈베리 잼 모두가 그렇다. 내 행동이 모여 내가 된다. 내가 한 행동과 내가 한 말, 내가 한 선택이 모여서.

나는 샘이다.
샘이 나다.

진짜 내 모습은 내가 하는 행동이고
상대방을 어떻게 대하느냐에 따라 정해진다.
그리고 너…
그리고 너…

음, 이 문장은 다음에 완성해야겠다. 머릿속이 (달걀들처럼) 뒤죽박죽이라 뭐가 뭔지 모르겠어. 그리고 텔레비전에서는 좀비 영화가 나를 부르고 있거든.

내가 할 수 있는 말은 이것뿐이야.

나는 좀 더 다정해질 거야.
앞으로.

지켜볼 거야

이제 일기장을 거의 다 써간다. 겨우 몇 장밖에 남지 않았다. 새 일기장을 한 권 사서 새롭게 시작해야겠다. 하지만 이 일기장을 다 써서 내 서랍장 안 깊숙이 넣어두기 전에 해야 할 말이 몇 가지 더 남았다.

쇼핑몰에서 아테나와 우연히 마주쳤다.

먼저 말해둘 게 있는데, 나는 쇼핑몰에 자주 가는 애가 아니다. 쇼핑몰에 거의 가지 않는 부류에 더 가깝다. 내가 쇼핑몰에 갔다면 보통 엄마한테 끌려갔거나, 아니면 친구들과 함께 영화를 보러 갔거나, 둘 중 하나다. 하지만 쇼핑몰에 들르면 푸드코트에 있는 미스터 스무디라는 가게에 망고 셰이크를 마시러 빼먹지 않고 꼭 들른다. 나는 망고 셰이크 중독이다.

그날은 디마커스, 제프와 함께 있었다. 우리는 범퍼카처럼 쟁반을 다닥다닥 붙이고 탁자 하나에 둘러앉았다. 친구들은 게걸스럽게 부리토(얇은 전병에 야채와 고기를 넣고 말아 먹는 멕시코 음식:옮긴이)

228

를 먹고 있었다. 나는 끝내주게 맛있는 망고 셰이크를 제일 큰 사이즈로 시켜 마시며 행복하고 있었다.

그때 디마커스가 말했다.

"저기 봐, 아테나 루이킨이야. 지난달에 전학 가고 나서 첨이네. 머리도 짧게 잘라서 이상해."

고개를 돌리니 푸드코트 반대쪽에 서 있는 아테나가 보였다. 아테나는 예전보다 창백하고 야위어서 더 연약해 보였다.

디마커스가 코웃음 치며 말을 이었다.

"쟤, 증인 보호 프로그램에 등록됐다고 그러더라. 아테나는 이젠 없어."

말도 안 되는 이야기를 하는 친구들의 목소리를 듣고 있으니 퍼뜩 정신이 들었다. 친구들은 마치 모든 걸 다 알고 있는 사람들처럼 말했다. 옛날 일이 다시 떠올랐다. 예전에 느꼈던 기분, 모건의 모습, 그리고 내가 느꼈던 분노까지 모조리 다. 잠시 멍하니 있던 나는 아테나와 아테나 부모님이 쇼핑한 물건을 챙겨 나설 준비를 하는 걸 보고 심장이 주먹만큼 쪼그라들었다.

"잠깐만."

나는 제프와 디마커스한테 말하고 쟁반을 손에 들고 일어났다.

"어디 가려고?" 디마커스가 물었다.

"곧 올게."

나는 진짜 이유는 감추고 건성으로 대답했다.

그런 다음 탁자의 바다를 건너 아테나가 있는 쪽으로 갔다.

그 순간까지도 내가 무슨 말을 해야 할지, 아니면 아무 말도 하지 않아야 할지 알지 못했다. 그저 아테나한테 아는 척하지 않고 돌아설 참이었다. 내가 도대체 왜 여기서 아테나를 기다리며 서 있지? 디마커스가 뭐라고 했더라? *아테나는 이젠 없어.*

나는 쟁반을 제물처럼 받쳐 들고 가만히 서서 아테나를 지켜봤다. 나란히 걷고 있는 아테나 가족이 점점 더 가까워졌다. 한때 아테나였던 유령이 자기 엄마 말에 귀 기울이고 있었다.

그러다가 아테나가 내 쪽으로 눈길을 돌렸다. 아테나와 눈이 마주쳤다. 키 큰 풀밭을 가로지르는 무서운 바람 같은 스산한 기운이 아테나의 얼굴을 스쳐 갔다. 모건이 학교 복도를 걸어가면서 자주 짓던 표정과 똑같았다.

그 순간 나는 아테나가 그 자리에서 사라져버렸으면 하고 바라고 있다는 사실을 알았다. 아마 모건도 똑같이 그런 생각을 하지 않았을까 싶다.

이제 와서 내가 아테나한테 바라는 게 뭘까?

나도 모르겠다.

지금도 그렇지만 앞으로도 영원히 알 수 없을 것 같다.

학교에서 모건과 갑자기 마주치곤 했던 모든 순간이 떠올랐다. 항상 내가 모건을 어떻게 외면했었는지, 어떻게 단 한 마디도 하지 않았는지, 그리고 얼마나 큰 실망감을 안겨주었는지.

지금 바로 내 앞에 고개를 숙이고 잔뜩 어깨를 움츠린 채 쇼핑백을 가슴 앞으로 움켜쥔 아테나 루이킨이 서 있었다.

나는 〈벨 자〉를 떠올렸다. 모건은 '나는 눈을 감았고 온 세상도 잠들었다'라는 문장에 빨간색 밑줄을 그어놓았다.

"안녕."

내 말투는 마치 누군가의 손에서 바스러지는 말라비틀어진 나뭇잎 소리처럼 생기가 없고 날카로웠다.

아테나가 깜짝 놀라 고개를 들었다. 아테나는 고개를 끄덕이더니 엷은 미소를 짓고는 계속 걸어갔다.

아테나는 사과하지 않았다.

나도 아테나가 사과할 거라곤 생각하지 않았다.

결국, 나도 하지 않았다.

난 널 지켜볼 거야.

정확히 따지자면 내가 아테나를 용서한 건 아니었다. 그게 내가 할 수 있는 최선이었다.

마지막 한 가지

마지막으로 할 일이 한 가지 더 있었다.

나는 모건의 소셜미디어 페이지에 접속했다. 모건의 페이지는 아직 그대로 있었지만 마치 먼지 쌓인 다락방처럼 아무도 들여다보지 않는 곳이 되어버렸다.

나는 페이지 관리자에게 최대한 자세히 상황을 설명하고 모건의 페이지를 없애달라고 부탁하는 이메일을 보냈다. 그런 다음 페이지 맨 앞으로 올라가 처음부터 끝까지 게시된 글을 다 읽었다. 모두가 이름을 숨기고 남긴 글이었다.

단어 하나하나에 나쁜 녀석들의 흔적이 고스란히 남아 있는데도 책임지는 사람은 하나도 없었다.

죽어라. 왜 사니. 죽어.

아무도 너 따위 신경 안 써.

못생긴 뚱땡이 짐승.

나는 글쓰기 칸을 새로 열어서 이렇게 썼다.

넌 죽지 않았어.

여전히 네가 지나갈 때면 빛이 반짝거려.

반딧불이 안에서

반짝이다 사라지지.

내 방 창문 밖에서.

불가항력의 여름 밤.

내가 꼭 기억할게.

하나도 빠짐없이.

　　　　—네 친구, 샘 프록터

옮긴이의 말

  스스로 목숨을 버린 이의 소식을 종종 뉴스나 신문에서 듣곤 합니다. 지병으로 고통스러운 삶을 살다 어쩔 수 없는 선택을 한 분도 있었고 병으로 고통받는 가족을 돌보던 이도 있었고 삶의 무게가 너무 버거운 가장도 있었습니다. 그 가운데서도 가장 마음이 아팠던 소식은 왕따에 시달리다 스스로 목숨을 끊은 어느 중학생의 이야기였습니다. 그 학생도 주인공 샘의 친구 모건처럼 아파트 옥상에서 스스로 몸을 던졌다고 했지요.

  저는 샘이 쓴 일기 형식으로 된 이 소설을 읽는 내내 아파트 옥상으로 올라가는 승강기 안에 가만히 쪼그리고 앉은 그 아이의 모습을 떨쳐낼 수가 없었습니다. 그 아이가 바로 모건이었습니다. 혼자 너무도 어려운 결정을 내리고 옥상으로, 그리고 급수탑 위로 올라가던 그 마음이 전해져 참 마음이 아팠어요. 단 한 명뿐이었던 친구 샘조차도 모건의 마음을 제대로 알 수가 없었지요. 혼자서만 마음속 깊이 담아두고 그 누구에게도 속 시원히 이야기하지 못했으니까요. 모건이 죽고 나서야 샘은 좀 더 용기 있게 행동하지 못하고 모건 편을 들어주면 자기도 다른 친구들에게 왕따를 당하지 않을까 하는 생각만 했던 어리석은 자신을 자책하고 후회합니다. 그리고 모건이 얼마나 소중한 친구였는지도 뒤늦게 깨닫게 됩니다. 아이는 어른의 거울이라는 말이 있습니다. 그래서 더 부끄러운

234

마음을 감출 수가 없어요. 행복하고 즐겁게 지내야 할 어린 시절에 힘든 일을 겪고 또 가장 가까운 사이인 언니나 엄마, 아빠에게도 마음을 털어놓지 못한 채 혼자 슬프고 힘든 시간을 견뎠을 모건에 게도 무척 미안해지네요.

밝고 재미있는 미래만 생각해도 모자랄 시간에 모건과 샘이 겪은 힘든 이야기가 담긴 책을 청소년 독자들에게 소개합니다. 앞으로 밝고 즐거운 일도 셀 수 없이 많겠지만 분명 힘들고 어려운 일도 생길 겁니다. 책 속 친구들이 겪은 힘든 일을 읽고 생각해본다면 조금이나마 도움이 되지 않을까 싶습니다.

주인공 샘은 어른인 저도 헤쳐 나가기 어려운 일을 슬기롭게 잘 극복하고 한층 더 단단한 마음을 지닌 소년이 됩니다. 어른도 쉽게 할 수 없는 용기를 내지요. 처음에는 꽉 닫혔던 마음의 문을 열고 상담 선생님의 조언도 듣고 모건의 언니인 소피에게도 도움을 받습니다. 혼자서도 충분히 잘 해낼 수 있지만 가족이나 친구, 그리고 선생님과 함께하면 어떤 어려운 일도 생각보다 훨씬 쉽고 간단하게 풀릴지 모릅니다. 모건 같은 친구에게 먼저 손을 내밀어줄 수 있다면 더할 나위 없겠지요. 조금은 어둡고 힘든 이야기가 담긴 이 책 한 권이 어려운 일을 겪고 있는 친구 또는 가족에 대해 다시 한 번 생각해보는 계기가 된다면 참 좋겠습니다.

2016년 12월,
서애경

누구나 떨어진다

제임스 프렐러 글 | 서애경 옮김 | 9,500원
중 · 고등학교 전학년 | 교안 작성 : 김혜숙

책 소개

『누구나 떨어진다』는 왕따 소녀를 친구로 둔 한 소년의 눈에 비친 집단따돌림, 학교 폭력의 실상을 '일기' 형식을 통해 강렬하게 전달하는 소설이다. 지극히 평범한 학교 생활을 하던 샘은 모건이라는 소녀와 친해진다. 하지만 모건은 학교에서 유명한 왕따로, 모건의 소셜미디어 페이지에는 그녀를 비방하는 글이 늘 올라온다. 그런데도 모건은 자신이 받는 상처를 친구 샘에게 애기하고 도움을 청하지 않는다. 샘도 그런 모건의 현실을 애써 외면하고 둘의 관계를 비밀로 숨기며 이중생활을 이어간다. 하지만 어느 날 갑자기 모건이 급수탑에서 떨어져 죽으면서 샘은 친구의 자살을 막지 못했다는 죄책감에 시달리게 되는데….

활동 목표

1. 등장인물의 특징과 줄거리의 흐름을 파악하고, 낱말의 뜻을 이해할 수 있다.
2. 악플로 인해 생기는 문제점과 왕따로 인해 목숨을 끊은 피해자의 심정을 헤아리고, 그러한 피해자가 결국 우리의 소중한 친구였음을 깨달을 수 있다.
3. 인터넷 사이트에 글을 올릴 때 올바른 규칙을 정할 수 있고, 사이버 폭력의 심각성과 관련하여 이 책의 제목의 의미를 이해할 수 있다.

1. 다음 『누구나 떨어진다』와 관련하여 설명한 것 중에서 틀린 것을 고르세요.

(1) 이 책의 서술자는 일기 형식을 취하고 있다.

(2) 샘 프록터가 일기를 쓰기로 결심한 이유는 모건 말렌을 기억하기 위해서이다.

(3) 아테나 루이킨은, 자신이 좋아하는 남자친구를 모건 말렌이 좋아했다는 이유로 그녀를 왕따 게임의 희생자로 만든다.

(4) 모건 말렌이 자살하기 2주 전, 그녀의 소셜미디어 페이지에는 그녀를 비방하는 익명의 많은 악플이 올라와 있었다.

(5) 친구들로부터 '못생긴 뚱땡이 짐승'이라고 놀림을 받던 소피는 결국 급수탑 위에서 자살한다.

2. 다음 글을 읽고 알맞은 낱말의 뜻을 〈보기〉에서 찾아 써 보세요.

(1) 트위터(Twitter)나 페이스북(Facebook)과 같은 소셜 네트워킹 서비스에 가입한 이용자 들이 서로 정보와 의견을 공유하면서 대인관계망을 넓힐 수 있는 플랫폼을 가리키는 말
⇨

(2) '지저귀다'의 뜻을 가지고 있으며 자신과 비슷한 생각을 지닌 사람을 팔로어(follower)로 등록하여 실시간으로 정보나 생각, 취미, 관심사 등을 소통하고 공유하는 온라인 공간
⇨

(3) 공경하면서 두려워하는 감정 ⇨

(4) 굳세고 꿋꿋하게 견디어 내는 힘. 또는 어떤 일을 야무지게 결정하고 처리하는 힘 ⇨

(5) '기운(氣運)이 없어지고 맥이 풀렸다'라는 뜻으로 온몸의 힘이 모두 빠져 버리는 것 ⇨

(6) 가벼운 물건이 떠들렸다 가라앉았다 하다. 또는 그렇게 되게 하다. ⇨

〈보기〉	소셜 미디어 경외감 트위터 달싹이다 기진맥진 강단

3. 다음은 『누구나 떨어진다』에 나오는 등장인물의 특성을 정리한 내용입니다. 빈칸에 〈보기〉에서 알맞은 등장인물의 이름을 찾아 쓰고, 각각의 인물의 특징을 분석해 보세요.

레인웨이	
	금발머리에 미모의 여중생으로 학교 내에서 전설적인 존재로 불린다. 외모 덕에 얻은 유명세와 권력을 이용하여 왕따 게임을 주동하는 인물이다.
소피	
	이 책의 서술자로 글짓기 대회에서 우승했으며 작가가 꿈이다. 왕따 게임에 가담하나, 이후 자신의 과오를 진심으로 반성하는 인물이다.
제프 카스텔라노	

	친구들로부터 '못생긴 뚱땡이 짐승'으로 불리며 따돌림 당하는 외톨이이다. 왕따 게임의 피해자로 급수탑 위에서 자살하는 인물이다.
퍼거스 틱	

〈보기〉   모건 말렌   샘 프록터   아테나 루이킨

---

4. 다음 글을 읽고 물음에 알맞은 답을 정리해 보세요.

(1) 샘 프록터와 모건 말렌의 첫 만남은 어떻게 이루어졌나요?

⇨ _____

(2) 숲 가장자리에 있는 급수탑 위에서 모건 말렌이 스스로 몸을 던진 이유는 무엇인가요?

⇨ _____

(3) 이른 아침, 샘 프록터는 모건 말렌과 단둘이 영화를 보고 나오다가 친구들과 마주칩니다. 그곳에서 샘은 제프 카스텔라노를 보고 어떻게 반응하나요?

⇨ _____

(4) 왕따 게임의 가담자로 활동하던 샘은 모건 말렌과 가까워지면서 심경의 변화가 옵니다. 그렇다고 왕따 게임에서 완전히 발을 떼지도 못하는 실정입니다. 왜 그랬을까요?

⇨ _____

(5) 올해 들어 학교에서는 성적에도 반영되는 중요한 발표가 있었습니다. 이때 샘 프록터는 어떤 주제로 이야기를 이끌어 나갔나요?

⇨ _____

5. 사건이 일어나고 며칠 뒤에 슬픔 전문 상담사들이 학교에 찾아왔습니다. 그리고 언제든지 학생들에게 상담을 받으러 오라고 했습니다. 또 선생님들은 이런 일에 대해 이야기하는 것이 많은 도움이 된다고 했습니다. 마침내 샘은 학교에 파견된 사회복지사 레인웨이 선생님을 찾아갑니다. 그리고 서서히 마음의 문을 열기 시작하지요.
만일 샘 프록터가 끝까지 선생님과 상담을 하지 않았다면 샘 프록터는 어떻게 되었을까요? 또 이러한 제도가 꼭 필요한 이유는 무엇인지 이야기해 보세요.

⇨ _____

_____

_____

6.

> 샘 프록터는 모건 말렌의 소셜미디어 페이지에 게시된 글을 처음부터 끝까지 다 읽었다.
> 홈페이지에 올라온 글들은 모두가 이름을 숨기고 남긴 것이었다.
>
> 단어 하나하나에 나쁜 녀석들의 흔적이 고스란히 남아 있는데도
> 책임지는 사람은 하나도 없었다.
>
> 죽어라. 왜 사니. 죽어.
> 아무도 너 따위 신경 안 써.
> 못생긴 뚱땡이 짐승.

(1) 위의 지시문에는 어떤 문제점이 있는지 분석해 보세요.

⇨ _____

_____

(2) 모건 말렌은 방과 후 무용 수업을 듣고 노래 부르기와 특히 강아지를 사랑한 평범한 여중생이었습니다. 하지만 소셜미디어 페이지에 매일같이 올라오는 자신을 비방하는 악플 공세에 시달리고 그 여파로 점차 친구들에게 놀림의 대상이 되어 결국 외톨이로 전락했습니다. 그리고 왕따 게임의 피해자가 되어 짧은 생을 마감하게 되었지요.
이와 관련하여 인터넷 사이트에 글을 올릴 때는 왜 신중하게 생각하고 글을 올려야 할까요? 또 인터넷에 글을 올릴 때 꼭 지켜야 할 규칙에는 어떤 것이 있을지 이야기해 보세요.

7. '누구나 떨어진다'라는 작품의 제목이 무엇을 의미하는지 6번의 〈지시문〉을 참고하여 설명해 보세요.

⇨ _____

_____

8. 다시 보며 갈무리하기

1. 책 제목	
2. 저자 옮긴이 발행 연도 출판사	
3. 작가 알아보기	
4. 이야기 주제 또는 핵심어	
5. 기억에 남는 중심 문장과, 그 이유 제시하기	
6. 책 평가하기	☆ ☆ ☆ ☆ ☆
7. 나에게 있어서 이 책의 의미 또는 느낌	